美文馆

主编◉马国兴 吕双喜

最具实用性的写作美文

活着的手艺

HUOZHE DE SHOUYI

每个人的人生，恰如由一篇篇小小说与美文组成，一页翻过，又是新的篇章，看似毫不相干，却又唇齿相依。

"小小说·美文馆"丛书，所选作品思想内涵、艺术品位和智慧含量兼具，在这个信息碎片化的网络时代，为您提供精良的智慧读本。

郑州大学出版社

图书在版编目(CIP)数据

最具实用性的写作美文·活着的手艺/马国兴,
吕双喜主编. —郑州:郑州大学出版社,2013.5(2023.3 重印)
（小小说美文馆）
ISBN 978-7-5645-1388-7

Ⅰ.①最… Ⅱ.①马…②吕… Ⅲ.①小小说-小说
集-中国-当代 Ⅳ.①I247.8

中国版本图书馆 CIP 数据核字（2013）第 044207 号

郑州大学出版社出版发行
郑州市大学路 40 号   邮政编码:450052
出版人:孙保营   发行部电话:0371-66658405
全国新华书店经销
三河市鑫鑫科达彩色印刷包装有限公司印制
开本:710 mm×1 010 mm   1/16
印张:13
字数:230 千字
版次:2013 年 5 月第 1 版   印次:2023 年 3 月第 4 次印刷

书号:ISBN 978-7-5645-1388-7   定价:42.00 元
本书如有印装质量问题,请向本社调换

"小小说·美文馆"丛书

总策划、总主审

杨晓敏　骆玉安

编委名单

主　编　马国兴　吕双喜
编　委　（以姓氏笔画排序）
　　　　王彦艳　牛桂玲　李恩杰
　　　　步文芳　连俊超　郑兢业
　　　　梁小萍

序

杨晓敏

书来到我们手上,就好像我们去了远方。

阅读的神妙之处,在于我们能够经由文字,在现实生活之外,构筑属于自己的精神生活。透过每篇文章,读者看到的不仅是故事与人物,也能读出作者的阅历,触摸一个人的心灵世界。就像恋爱,选择一本书也需要缘分,心性相投至关重要,阅读的过程中,你会发现他与自己的不同,而你非常喜欢,也会发现他与自己的相同,以致十分感动。阅读让我们超越了世俗意义上的羁绊,人生也渐渐丰厚起来。

在这个信息碎片化的网络时代,面对浩若烟海的读物,读者难免无所适从,而阅读选本无疑是一个不错的选择。从《诗经》到《唐诗三百首》再到《唐诗别裁》,从《昭明文选》到"三言二拍"再到《古文观止》,历代学者一直注重编辑诗文选本,千淘万漉,吹沙见金。鲁迅先生说过:"凡选本,往往能比所选各家的全集更流行,更有作用。册数不多,而包罗诸作。"为承续前人的优秀传统,我们编选了"小小说·美文馆"丛书。

当代中国,在生活节奏加快与高科技发展的影响下,传统的阅读与写作方式发生了深刻的变化,小小说应运而生,成为当下生活中的时尚性文体。小小说注重思想内涵的深刻和艺术品质的锻造,小中见大、纸短情长,在写作和阅读上从者甚众,无不加速文学(文化)的中产阶级的形成,不断被更大层面的受众吸纳和消化,春雨润物般地为社会进步提供着最活跃的大众智力资本的支持。由此可见,小小说的文化意义大于它的文学意义,教育意义大于它的文化意义,社会意义又大于它的教育意义。

小小说贴近生活,具有易写易发的优势。因此,大量作品散见于全国数千种报刊中,作者也多来自民间,社会底层的生活使他们的创作左右逢源。一种文体的兴盛繁荣,需要有一批批脍炙人口的经典性作品奠基支撑,需要有一茬茬代表性的作家脱颖而出。所以，仅靠文学期刊，是无法垒砌高标准的巍巍文学大厦的。我们编选"小小说·美文馆"丛书，是对人才资源和作品资源进行深加工，是新兴的小小说文体的集大成，意在进一步促进小小说文体自觉走向成熟，集中奉献出思想内容与艺术形式兼优的精品佳构，继而走进书店、走进主流读者的书柜并历久弥新，积淀成独特的文化景观，为小小说的阅读、研究和珍藏，起到推波助澜的作用。

编选"小小说·美文馆"丛书，我们选择作品的标准是思想内涵、艺术品位和智慧含量的综合体现。所谓思想内涵，是指作者赋予作品的"立意"，它反映着作者提出(观察)问题的角度、深度和批判意识，深刻或者平庸，一眼可判高下。艺术品位，是指作品在塑造人物性格，设置故事情节，营造特定环境中，通过语言、文采、技巧的有效使用，所折射出来的创意、情怀和境界。而智慧含量，则属于精密判断后的"临门一脚"，是简洁明晰的"临床一刀"，解决问题的方法、手段和质量，见此一斑。

"小小说·美文馆"丛书共计十卷，分别为《最具想象力的叙事美文·深夜里游走的路灯》《最具感染力的爱情美文·当你孤单你会想起谁》《最具欣赏性的幽默美文·能说话的那堵墙》《最具实用性的写作美文·活着的手艺》《最具领悟力的哲理美文·有温度的词汇》《最具启发性的智慧美文·领着自己回家》《最难忘的军旅美文·沉默的子弹》《最生动的动物美文·一只在夜色中穿行的猫》《最清新的自然美文·赴一场心静如菊的盛宴》《最给力的草根美文·消逝的事物》。一定意义上说，人生就是由一篇篇小小说组成的，希望"小小说·美文馆"丛书为你的阅读人生增添美妙的元素。

好书像一座灯塔，可以使我们在瞬息万变的社会不迷失自己的方向，并能在人生旅途中执着地守护心中的明灯。读书是一种积极的生活情趣，一个对未来的承诺。读书，可以使我们在人事已非的时候，自己的怀中还有一份让人感动的故事情节，静静地荡涤人世的风尘。当岁月像东去的逝水，不再有可供挥霍的青春，我们还有在书海中渐次沉淀和饱经洗练的智慧，当我们拈花微笑，于喧嚣红尘中自在地坐看云起的时候，不经意地挥一挥手，袖间，会有隐隐浮动的书香。

（杨晓敏，河南省作协副主席，郑州小小说文化传媒有限公司董事长、总编辑，《小小说选刊》《百花园》主编。）

目 录

1

讲 究

孙春平

　　大学新生入学,302 室住进八位女生。当晚,各位报了生日,便有了从大姐到八妹的排序,尽管都是同庚。

　　不久,大姐王玲的老爸来看女儿,搬进了一个水果箱,打开,便有十六个硕大红艳的苹果摆在了桌面上,每个足有半斤重,且个头极齐整。王玲抢着把苹果一字摆开,再让大家看,众姐妹更奇得闭不上眼了。原来每个苹果上还有一个字,合在一起是:"八人团结紧紧的,试看天下能怎的!"之后便笑,一幢楼都能听到八姐妹的笑声。王玲得意地告诉大家,说家里承包了果园,入夏时她老爸就让果农选出十六个苹果,并在每个苹果的阳面贴上一个字或标点符号,秋阳照,霜露打,便有了这般效果。这是老爸早就备下的对女儿考上大学的祝贺。五妹张燕是辽宁铁岭来的,跟赵本山是老乡,故意学着那个笑星的语气对王玲老爸说,"哎哟妈呀王叔,您老可真讲究啊!"众人再大笑,"讲究"从此便成了 302 室的专用词语,整天挂在了八姐妹的嘴上。

　　第二个来"讲究"的是三姐吴霞的妈妈,带来了八件针织衫,穿在八姐妹身上都合体不说,而且八件八个颜色,八人一齐走出去,便有了"赤橙黄绿青蓝紫,谁持彩练当空舞"的效果。吴霞说,妈妈在针织厂当厂长,这点讲究,小菜一碟。

　　年底的时候,二姐李韵的家里来了"钦差",是爸爸单位的秘书,坐着小轿车,送给大家的礼物是每人一个皮挎包。女孩子挎在肩上,可装化妆品,也可装书本文具,款式新颖却不张扬,做工选料都极精致,只是都是清一色的棕色。但细看,就发现了"讲究"也是非比寻常,原来每只挎包盖面上都压印了一朵花,或腊梅,或秋菊等,八花绽放,各不相同。李韵故作不屑,说一定又是年底开什么会了,哼,我爸就会假公济私。

最具实用性的写作美文·活着的手艺

每有家长来,并带来讲究的食品或礼物的时候,默不作声很少说话的是七妹赵小穗。别人喊着笑着接礼物,她则总是往后躲,直到最后才羞涩一笑,走上前去。所以,分到她手上的苹果,便只剩了两个标点符号,落到她肩上的挎包则印着扶桑花。有人说扶桑的老家在日本,又叫断头花,那个桑与伤同音,不吉利,便都躲着不拿它。每次,在姐妹们的笑语喧哗中,默声不语的赵小穗还总是很快将一杯沏好的热茶送到客人身边,并递上一个热毛巾。平日里,寝室里的热水几乎都是赵小穗打,扫地擦桌也是她干得多,大家对她的勤谨似乎已习以为常。大家还知她的家在山区乡下,穷,没手机,连电话都很少往家打,便没把她的那一份"讲究"挂在心上。

半学期很快过去,放寒假了,众姐妹兴高采烈再聚一起的时候,已有了春天的气息。那一晚,赵小穗打开旅行袋,在每人床头放了一小塑料袋葵花子仁儿,说:"大家尝尝我们家乡的东西,瓜子儿不饱是片心吧,是我妈我爸自己种的,没用一点农药和化肥,百分之百的绿色食品。"

葵花子儿平常,可赵小穗送给大家的就不平常了,是剥了皮的仁儿,一颗颗那么饱满,那么均匀,熟得正是火候而又没一颗裂碎,满屋里立时溢满别样的焦香。

李韵拈起一颗在眼前看,说:"葵花子儿嘛,要的就是嗑的过程中的那份情趣,怎么还剥了? 是机器剥的吧?"

赵小穗说:"我爸说,大家功课都挺忙,嗑完还要打扫瓜子儿皮,就一颗颗替大家剥了。不过请放心,每次剥之前,我爸都仔细洗过手,比闹非典时的洗手过程都规范严格呢。"

王玲先发出了惊叹:"我的天,每人一袋,足有一斤多,八个人就是十来斤,这可都是仁儿呀,那得剥多少? 你爸不干别的活儿啦?"

赵小穗的目光暗下来,低声说:"前年,为采石场排哑炮时,我爸被炸伤了,他出不了屋子了,地里的活都是我妈干……"

吴霞问:"大叔伤在哪儿?"

赵小穗说:"两条腿都被炸没了,胳膊……也只剩了一条。"

寝室里一下静下来,姐妹们眼里都噙了泪花。一条胳膊一只手的人啊,蜷在炕上,而且那不是剥,而是捏,一颗,一颗,又一颗……

张燕再没了笑星般的幽默,她哑着嗓子说:"小穗,你不应该让大叔……这么讲究了。"

赵小穗喃喃地说:"我给家里写信,讲了咱们寝室的故事。我爸说,别人家的姑娘是爸妈的心肝儿,我家的闺女也是爹娘的宝贝……"

　　那一夜,爱说爱笑的姐妹们都不再说话,寝室里静静的,久久弥漫着葵花子儿的焦香。直到夜很深的时候,王玲才在黑暗中说:"我是大姐,提个建议,往后,都别让父母再为咱们讲究了,行吗?"

妻子的生日

孙春平

妻子的生日是在乍暖还寒的初春时节。那天,我下班回家,阻止她下厨房,张罗着去饭店潇洒一顿。妻子问,琳琳来电话了吗?我摇头,知道她关心的是女儿的祝福。妻子又问,也没发信息?我说等晚上吧,她白天有课。妻子在工厂里当质量验收员,车间里对工作时间打电话打手机都有严格规定,所以她连手机都不配,生活得倒也清静自如。

那顿生日宴有些沉闷。妻子不止一次看表,又不止一次问我,你没把手机关上吧?我便干脆将手机放到她面前,以保证她能得到女儿第一时间的祝福。后来,她又让服务员将剩菜打包,说回家去,担心琳琳将电话打进家里没人接。我说,不是有手机嘛,何必?妻子说嫌这儿乱,提起食品盒就走了。

那是我们家里格外沉寂也有些郁闷的一个夜晚。妻子坐在电视机前,抓着遥控器不停地调换频道,只是不说话。我有意找些有趣的话题,她也很少搭话。我忍不住,抓起电话想给女儿打过去,她坚决地制止,说你贱啊?夜深,睡下,我将手机一直开着放在枕边。但那一夜,一切都沉默着,电话没响,手机没响,我只听到妻子不停地翻身,还有她压抑的叹息,直至我沉入梦乡。

清晨,妻子起来准备早点,脸色不好,眼圈黑着。我知道她的心事,便不再提昨日的话题。我们只有这么一个女儿,以前在家时,琳琳每临自己的生日前三五日,就开始大张旗鼓地做舆论准备。离家去读大学,到了她生日那天,妻子则从早到晚不知要打去几次电话。怎么到了她妈妈生日这天,就忘得一干二净呢?我心里也在抱怨,但我不能再火上浇油。我在公共汽车上给琳琳发出短信:"你妈妈一夜未睡好。"哼,但凡还有一点儿孝心,你自己想吧!

整整一天,我的短信并没换回任何反馈。傍晚回家,妻子望我,我把目光避开,她的眼圈就红了。她说,从今天起,你和我,谁也不要再给她打电话。

这一夜,妻子睡得很早,连电视都没看。夜深的时候,我听门锁有哗哗的响动,惊得急起身披衣,刚刚按亮电灯,身上一直带着家门钥匙的琳琳已站在我们床前。女儿一手抱着生日蛋糕,一手提着装在塑料袋里的北京烤鸭,肩头披着薄薄的雪花,眼里噙着泪水说,妈,爸,我错了,我祝妈妈生日快乐……

那一刻,妻子已醒来。她揉着眼睛,似乎还在怀疑是不是在梦中。旋即,她跳下床,一个劲儿地拍拂着女儿肩上的雪花,嘴里也是一个劲儿地埋怨:你个傻丫头,大老远的你跑回来干什么?你不会打电话呀?你不知道天冷呀?你明天不上课啦?……

琳琳只在家待了两个多小时,后半夜就坐车返回学校去了,她不想耽误第二天的功课。我送琳琳去车站回来时,妻子又开始埋怨我,说就你手贱,发那个短信干什么?孩子来来回回吃苦受累的,还得白搭多少钱呀?我说,这哪是钱的事,你心里热乎去吧。

这件事,我自以为做得挺成功——关乎对子女的教育嘛,因此便说给了许多人。那天,我给远在家乡的老父亲打电话,也说到了这件事。没想,父亲沉默了好久,才说,我和你妈的生日你们忘记了多少次,我和你妈埋怨过你们吗?

躲 年

刘 齐

春节前夕,我随国内一个旅游团去埃及。旅游团五十多名成员,有骄傲之人、忧郁之人、天真之人、狡猾之人,俨然一个"小社会"了。"小社会"游走他乡,连听带看,满脑子新鲜事,自然有无穷话题,但经常谈起的却是故国春节,而且语多抱怨——

有什么呀? 不就是吃喝拜年放鞭炮嘛。吃喝没劲,鱼啊肉啊,啤酒白酒,过不过年都一样。还不如恢复票证呢。中国人报喜不报忧的毛病都是拜年拜出来的。七大姑八大姨的孩子呼呼往上冲,分浮财似的。现在这伙新新人类智商忒高,你给他压岁钱他不道谢,先对着光看,看见暗藏的伟人头了,这才咕咚给你磕个头。应该给国家打报告,把春节取消算了,省得电视台那帮小子总挨骂——应酬太多,都是爷,得罪不起,价码越抬越高。拎个果匣子看老丈母娘的年代一去不复返了……

抱怨完了又庆幸,这回好了,总算躲出来了。眼不见,心不烦。过去杨白劳躲地主,现在我们躲春节。春节啊春节,拜拜了您哪,您再有能耐,还能追到埃及来?

埃及的确是躲年的好地方,金字塔光溜溜的,狮身人面像静悄悄的,一点"年气"看不出来。躲年的中国人无牵无挂,优哉游哉。有时一高兴,还踩着异邦鼓点跳舞,或者穿了阿拉伯袍子,跟当地老乡手挽手,照一张水乳交融、乐不思蜀的纪念相。

但是,随着年关的临近,好像有谁在远方遥控,全团男女老少的情绪逐渐起了变化。

年三十清晨,有人闷闷不乐,认为早餐难吃。

那天上午,参观萨拉丁古堡和阿里清真寺。在这两个天下闻名的历史圣地,中国人步履匆匆,显得有些焦躁,有些心不在焉。

参观完了,旅游大巴徐徐往回返。

开罗城里楼是楼,树是树,一切如往日般正常。忽然,车上有人大叫: "停车!"大胡子司机一怔,赶紧刹车。

全体中国人蜂拥而下,三步并作两步,钻进一座建筑物。

街上熙来攘往的埃及人全愣了。黑衣巡警见状,迅速围拢过来。

建筑物是电信局,算是要害部门,但中国人没干别的,只是争先恐后掏腰包,买一张薄薄的电话卡。大厅里,一长排电话间随即爆满。手脚慢些的,又拥到门外。门外十多个电话亭,转眼工夫被中国人统统抢占。

埃及警民越发迷惑不解,这是怎么了?没听说世界上有什么大事啊。

谁说没有大事?你们这边才是中午,我们那边已经到了晚上,不是一般的晚上,是除夕夜!阖家团聚的时候。十几亿人一起吃年夜饭,不是世界大事是什么?

电话一个个接通,喂喂声四起,拜年,祝福,询问做了什么饭菜,放没放鞭炮,包没包饺子,煤气足不足,天冷不冷……她给我打电话没有?电视晚会快开始了吧?谁当主持人?外婆身体不好,不一定要全部看完。爹要少喝酒,多吃菜。囡囡别淘气,给你买好东西了。这边不行,连个春联都看不见……大家的话语噌噌往中国飞,没有一句是要紧话,也没有一句不是要紧话。

那一刻,焦躁之人安稳了,狡猾之人诚恳了,忧郁之人欢乐了,欢乐之人更欢乐了。全体躲年者喊叫着,喃喃着,一起向"年"迎上去。天特别蓝,太阳特别亮,老天爷——分工负责中国的那个老天爷,他老人家一定在往埃及这边看。

跟坏小子合作

刘齐

　　早晨,我破例上街吃早点。

　　我们这一带,住了十几万人。可能是为了促进黎明时的勤奋,锻炼人们在家做早点的能力,中午之前,街区各饭店大多不开门。只有一个小饭铺,卖地沟油制作的不洁早点,服务生的指甲有黑边。

　　昨晚散步,发现一家正规饭店也开始经营早点,我高兴,认为是新生事物或者好传统的光复。今天一早,特地前来支持。

　　前来支持的人很多,不得不排队。现在除了银行和交易所,哪里还排队?由此可见,广大市民对公共早点的渴望,不亚于股票。饭店不要只想着午餐晚餐赚钱,早餐也得有。

　　我发现自己考虑问题有点像干部,得意,边想边随队列移动。排头只有三名顾客了,油条和豆腐脑品相诱人,气息正宗。

　　侧翼,某人靠拢过来,有加塞儿倾向。我警惕,跟紧队伍。那人跨前一步,向窗口递钱。

　　无人制止,即使正在被他直接妨碍的排头顾客,也心平气和,假装看不见。这很奇怪,因为该人虽年轻,长相却不恶,个头也不高,"敌"我力量对比,有利于守秩序的一方。

　　"排队!"我忍不住高喊,"后边去!"昨晚我睡得好,醒来振奋,对现实充满希望和责任感。

　　我不是豪杰,不会武术,但我个子高,穿长袖衫,外人看不出胳膊粗细,刺青与否。而且,没洗脸,头发蓬乱,用语蛮横,不说"先生"、"请",不像知识分子,像一介莽汉,这就给加塞儿那小子施加了某种压力。

　　那小子缩手,停止递钱,却不去排队,而是站着不动,跟我处于所谓相持阶段。他一定看到，我是戴眼镜的人，并非一条地道的壮汉。这很遗憾。

若是排得快，放他一马也无妨，偏偏很慢，顾客顾家，一人往往买七八根油条，现炸，费时间。

排头还有两个人，坏小子仍站在窗口，窥伺时机。说他是坏小子，不冤。他在别的时间、空间也许是好人，但现在这几分钟，太差，不及格。

"排队去！这么多人，哪能不排队？"我继续催，扭头，对着大家，"是不是啊？"

我的本意，是想发动群众，求得声援。这个并不复杂，语法上叫一般疑问句，只需回答"是"或"不是"，就管用。

我微笑，等待大家说"是"。无须多，有两三个"是"，就有两三颗友军的子弹，叭！叭叭！足矣。不料，大家惜字如金，等了半天，硬是无人搭话，连哼一声都不肯。群众，不是你想发动就发动得了的。

坏小子受了鼓舞，上身前倾，蠢蠢欲动。

"哎我说，排队啊，早晚能排到。"我听见自己孤零零的声音，语气已趋和缓，不像是仗义执言，倒像是苦苦相劝。我心不甘，再次问大家："是不是啊？"

仍然无人回答，只有油条在油锅里咝咝响。

人们目光冷漠，或者游移、躲闪、不悦，似乎嫌我多事，竟然将如此讨厌的选择，强加在大家头上。本来，早晨挺美好的，豆腐脑挺嫩的，你偏要让我们公开个人看法，凭什么？

我不再看群众——哪里有群众？我只看坏小子，确切地说，看坏小子的腰。

腰平常，没带刀。带刀也不怕，我比坏小子高，我能用板凳抵挡，我有劲，一拽，就把坏小子……拽过来。

"干什么？"坏小子有点紧张。

"你不是想加塞儿吗？"我说，"加吧，就加我后头，我买完了，你买。"

坏小子松口气，想笑，没笑好，更像坏小子。

众人还是无言，静静面对，我和坏小子结盟。

伊人寂寞

陈　毓

是那场突然降临的死亡出卖了她。

灾难降临以前,她是一个不久就要当妈妈的女人。那时她的妊娠反应已经过去,对食物的热爱回到她心里,她看上去很强健,有旺盛的精力。生活很好,即使她的肚子高高地隆起来,腰身的粗壮使她原来的衣服不再适合她,但是春天的到来却使她很容易打扮自己,她穿着宽松舒适的孕妇裙,看上去是那样闲适自在。

是一个周末,她要去郊区镇子上看望一位女友。女友在电话里不止一次跟她描述小镇油菜花开的样子,麦苗青青菜花黄,那情景她是熟悉的,只是好多年没看见了。现在,怀孕使她从容起来,那就去看看吧。

她拒绝了丈夫的陪同,她说,离产期还早呢,没那么金贵,一个人去得了。她心疼上夜班的丈夫,就靠白天的睡眠补精神,她不能叫他缺觉。

丈夫送她出门,随手理了理她耳边的头发,使她的头发更整齐些。

他陪她走到巷子口,那里有一路公共汽车,可以载她去女友所在的小镇。他看着她上了公共汽车,他们相互挥手道别后,他就回家了。他睡觉。他的头一挨枕头就睡着了,一个完整的夜班的确使他疲劳。他的睡眠一片黑暗,那里很少有梦。

他不知道正有什么在他安睡时发生。那辆公交车——载着他妻子和将要出生的孩子的车——被一辆迎面而来的车撞到了路基下。他的妻子和他未来的孩子就在那一瞬间永远地弃他而去了。

他在医院里看见他们,准确点说,是看见他的妻子,他妻子的尸体。

跟他谈判的是医生。医生说,她死了,在撞车的一瞬就死了,她撞坏了大脑,她没有痛苦。医生替他揭开那块白布,他看见她的脸,她的身子。她的身子和脸都是完好的,区别是它们现在看上去僵僵的,没了血色。他仔细地看她,他看见她的眼睛睁得大大的,那里没有恐惧,只有吃惊,像是看见什么叫她不明白的事情在眼前发生。从前他惹她生气时她多半就是那表情,吃惊无辜地看着他,看得他心软,把所有的过错自觉承担下来,不管事情的起因怪不怪自己,他都甘心。现在,那样的目光再次看着他,他立即就有了要承担什么义务的准备了。可这一次,他能承担什么呢?

我们医院想买你妻子的身体,当然,这得你肯成全。医生在说话,在对他说。

等他终于明白医生的意思,他的直觉反应就是把自己善于操持钢铁的拳头砸在医生脸上,但他控制了自己。他虽然活得粗糙,但这并不意味他缺少教养。

我们很想把你妻子的身体留在这里,你不知道,这对医学研究,有多高的价值。医生更加小心地寻找字眼儿,生怕伤害了那做丈夫的情感。

谈判是艰难的。一方是刚刚痛失亲人的丈夫,一方是对科学秉承严谨态度的医生。

总之这桩谈判最后定下来了。那丈夫终因那笔他不再有力气拒绝的金钱放弃了他的坚持;而医生,一个视人体研究如同生命的人得到了那具人体:一个怀孕六个月的年轻女人的完整的身体。

据说,那个女人的身体被用世界上最尖端的技术,栩栩如生地保存下来。

我是在一次名为"人体奥秘"的展览里见到她的。于我,那是众多参观中的一次,是不明就里就走进去了的一次观看。讲解的先生一再说,一定进去看看,这里有中国仅此一家的珍藏。讲解先生说的"仅此一家的珍藏"指的就是那个怀孕六个月女人的身体,她在这里有一个名字:"惊鸿"。那是一个很诗意的名字,但在这里我看不见诗意,也因此怀疑,那不是她的本名。

讲解先生说了她的来历,她现在的身价,那是一个惊人的数字。只因为,她的遭遇的偶然性导致了她身体的科学研究价值的珍贵。

时光过去了二十年(这也是讲解先生告诉我的),她依旧保持着二十年前那一瞬发生时的表情。让她"永恒"的技术的确高超,她站在那里的样子大方而周正,大睁的吃惊的眼睛叫她的表情看上去无辜而年轻。她的双乳饱满坚挺,鼓荡着生命力,她四肢和腹部的肌肉纹理结实有韵味,她孕育和护佑她婴孩的那个地方现在像一面永远敞开的窗,向遇见她的每一双眼睛打开她身体内的秘密：她是一个怀孕六个月的女人，你看她的宝宝多健康，仿佛随时都会在她的子宫里伸个懒腰踢一下腿似的。

我回到展览馆外，九月海滨的阳光明亮清润，空气里有青草的浓香气。我使劲摇了摇头，想摇落那女人留在我记忆里的目光。可是摇不掉。

我再回头，看见明亮的阳光使展览馆待在黑影里。

那里，藏着科学的凉意。

花香满径

❧ 陈 毓

那一年,他在旅行途中给她寄来一沓照片,说要给她看看杭州。她以为照片上有他,结果看见的都是景物,皆无人迹。但她还是从他的取舍中看见他的性情。其中有一张照片,拍下的是藤花掩映着的石门,两边对联上清晰着两行字:花香满径,永当诗人。那一年,他们认识已经三年。认识的第一年,她刚分到一家地质勘探队,负责宣传。

她的领导对单位的宣传很重视,不断给她定下宣传指标并对她进行考核与奖励,其中行业报纸上她发的文章,每篇奖励一百元。那时她的工资只有八百多,这样一来她就有一笔不小的额外收入,每月她拿到单位的奖励这些文字的酬劳是她工资的一多半。这让她满意。她的那些文字还为她引来了一个人的关注。他给她写信来,说,这么好的文笔,写公文之余,实在该写些别的,要不,可惜了。

他的信叫她好奇。有对一个遥远的、从未见过的人的猜想,还有被陌生人认定的欢悦。

她真的开始写了,写一些她工作之外的文字,几行诗,小说,或者随感,都是她对生活的点滴感受。用整齐的格子纸抄写了,再用印有好看图案的信封邮寄给他。等她期待到自己也几乎忘掉这件事情的时候,她收到了陌生的邮件。忍住异样的好奇和渴念小心拆开,就看见自己的名字,刊在报纸第一版,再看那些熟悉的字,可不真的是她吗?她忽然明白,他也做了他工作之外的一些事情。在这以前,她知道他是他们那家行业大报的副刊编辑部主任。

她的激情和才华也像受到了鼓舞似的,更大地释放出来。一些美好的字词从她心里源源不断生出来,连她自己也看得见自己在文字里的成长,脚步咚咚地一路向前。他给她适当的鼓励,节制得恰到好处。这份节制和恰到好处使她体验到,有一个知音在远处存在着、呼应着,这些写字的日子是何等的美妙。

她偶尔会想象他,她根据他的字迹、他们往来信函中他的语气,把他想成一个眼神明亮头发干净的成熟男人,比她的父亲年轻,又比她的哥哥稳重。她用介于父亲和哥哥之间的感情待他。

他似乎去过很多地方,并且还有很多机会将去更多的地方。他每去一个地方,都以照片的方式图说给她他看见的风景,不怕麻烦地用大的、厚的、看上去就不用担心路途遥远的信封寄给她,照片背面是2B铅笔写下的图片说明。云南的洱海三塔,丽江客栈的一串灯笼,白桦林里倾塌道旁的千年古树,古树上生机勃勃的绿萝,质感的劲舞男女……还有一次他寄给她的竟然是临近她那个小城的一片著名的湿地,那些每年往来于南北的各种各样的候鸟,汉江上的渔歌晚唱……她在照片上不经意看见他拍这些照片时的准确日期,正是离今天不久前的某一天。她忽然呆住,凝神良久——他路过她这里,他离她近过,但他却不曾要求她见一面。她想,如果他说见面的话,她一定会飞奔去见的。但他有意制造了擦肩而过,他是真的不想打扰她,还是对她有更深的在意呢?极少的时分,他仿佛也悠远地、惆怅地、好奇地遥想过她吧?他的文字会流露出对她的探问,但他似乎并不指望她给他答案,因为结尾他都会自问自答,给自己一个笼统模糊的答案。

似乎在他们的交往中只有她的文字源源不断地被激发出来,只有他的那些照片能够报告他的形迹。她给他看她的文字,他给她看他的行迹。

似乎这样就够,这样就好。

多年后她早已离开当年栖居的小城,她现在只写自己心里想写的文字,她说自己是个以写字为生的人了。她珍爱上天给她的这份才能。偶然地,她去一所大学讲座,她的真诚、她的连珠妙语,赢得学子们阵阵掌声。座中忽有同学站起来,问她:你是怎么走上写作之路的?再普通不过的问题,但她却愣住了,一种久违了的亲切和感激慢慢在她脸上现出来,她舒缓地、悠长地舒了口气,然后微笑着说,是因为她最早看见过的一幅照片,照片上的一地藤花和藤花掩映着的石门。她说她至今清晰记得那上面的两行诗:花香满径,永当诗人。她还说,那张照片摄取的景致那么美,她渴望把这份美描述好,于是她不断地努力,不断地。于是就成了现在这个写字的人。

她在同学热情的掌声中微笑,恬静的、幸福的样子。

假若树能走开

陈 毓

说说我现在的工作,林场看林人。

在林场还叫林区的时候,我就在这边工作。那时我是伐木工人,后来禁伐了,我的伙计们陆续去山外另谋生路,我实在舍不得林区才会有的这股子好闻味道,隐约觉得,若是我离开林区,我会死于肺病。我设法留下,我用两条贵烟换来林场看林人这份差事。

我就像一条老狗,除了对故园的忠诚,几乎没有用处。打这比方的是我的场长上司,他说,林区要创收,要不你真就活成了一条可有可无的寂寞老狗。

场长比我年轻二十二岁,他不喜欢寂寞是很自然的。他需要更多的钱也是自然的。好在他的点子比林子里的蘑菇多。他说,我们要趁市里开发旅游的好势头,让林子恢复禁伐前的热闹。靠山吃山,我们终归要在山字上动脑子。

春天,这一带绵延百里的杜鹃花吸引很多城里人来看,一时间蜿蜒的山道挤满了不辞路远前来赏花的城里人。安静了小半年的农家乐也一时火爆起来。王场长眨动眼睛,想出了一个他认为绝好的创意。他找来林区仅存的一个画匠,帮他把创意实现在一张广告牌上。广告牌上画的是一棵枝繁叶茂的巨树,巨树藤萝缠绕,仿佛天宫里的场景。但我知道这棵树在现实中有原型,它的直接灵感来自山林中那棵据说一千九百八十八岁的红豆杉。一群白颊噪鹛、灰喜鹊、黄臀鹎在红豆杉的枝杈间闹腾,真是生动极了,美好极了。看见的人都夸赞说,这真是个有想法的广告牌。

我们在那个春天随之推出了一个旅游项目,项目的名称就叫:来吧,来认养一棵永不背弃你的树!王场长说,我们的项目就是要吸引那些有闲钱、有闲情、有闲时间的城里人来给我们送点钱花。当然，那棵被认养的树在名义上属于认养人，树的归属还归林场，归国家，认领树的人绝对不能砍伐。这不违背我们护林的职责。

在森林里认养树？亏他想得出来，树又不是孤儿，无须谁来领养。但奇怪的是这个项目一推出，还真吸引人来。来认养树的，有恋爱中的年轻人，有鳏寡老人，有中年夫妇。这让我想到电视里那个年轻主持人爱说的一句话：世界真奇妙。

第一对来认养树的老夫妇使我印象深刻。他们说要认养一棵三十八岁的树，还要那种长相英俊挺拔的树种。判断树的年龄，对我就像喝一杯包谷烧般容易，我立即给他们挑了棵三十八岁的梓树。那对夫妇听说梓树这名字两眼发光，他们说，好啊，梓树，太吉祥了，就梓树。他们还说，原来在古人的诗句里读到梓树，还以为是传说呢。

为啥要三十八岁的树？老夫妇解释，他们有一个儿子，今年恰好三十八岁，但是他们的儿子去了加拿大，年前刚刚拿了一张什么卡，往后是不会回来住了。现在，他们要在林子里认养一棵不离开的树，任何时候，只要他们来，树总在老地方等他们。他们愿意给更多认养树的钱，只要求我们不要使那棵梓树的边上再长别的杂木。这要求被我断然拒绝，我说，你不能说这棵树是你们的儿子，就不准别的树继续生长，哪怕长在梓树边上的树是你们所说的杂木。在上帝眼里，没有杂木这名字。老夫妇还算讲理，妥协一步，我也妥协一步，我为他们在那棵梓树的旁边，立一块牌子，牌上写：李国衡的领地。李国衡是他们儿子的名字。

杜鹃花快要开的那个时节，山道上开来了一辆红色跑车。跑车风一般刮来，停在林场大门边，从车上下来一个打扮得像皇后的年轻女人。能接待这样的女人我深感愉快。

年轻女人一开口，我的快乐心情立即像炽热的火盆遭到冰块覆盖。我鼓起勇气问她，您想要完成哪样业务？同时把我们的项目单递给她。她摘下眼镜，傲慢地反问我，你们都有哪些业务能吸引我？我再次请她看我们的项目单，以及一系列认养条款对应的收费价目。她砰一声把那张纸拍到我面前的桌面上，吓我一跳，我摸摸我的脸，还好，冰冰凉的。我猜，这个很美的女人准是被她的男人甩了，要不哪来这满脸的冷气？我第一次知道，如此美丽、看上去就富有的女人，也可能是不快乐的。不幸得很。

我能帮你什么，女士？我尽量和颜悦色地和她说话，我们王场长说，要把每一个顾客,不管是男人还是女人,都当成自己更年期的女人,只能软,不能硬。我再次说,我很乐意为您效劳。

她说,你们的广告牌子是真的么?我看是假的!假的你们就是糊弄人。我可以告你。我吓出一身汗,辩解说,广告牌子上的树肯定是真的,我知道它长在哪里。

我要认养牌子上那棵树。来人说。

那棵树长在林子深处,根本没路通往那里,像您穿戴得这么讲究,是很难走到那里去的,光那些荆棘就够您受的。我为难地说。

何况这林子里好看的树多了,您可以选一棵自己够得着的树,这更实际,更有意思吧?我的口气很真诚。

女人想了想,决定让我帮她挑出这片树林中最高最粗的那棵树,属于她的树总归是要与众不同的。我说好,这能做到,你这么不一般的女士,拥有棵与众不同的树,是应该的。

女人冰冻三尺的脸总算进入了春天。

女人后来挑了一棵高大的领春木。她说她的名字中有个春字,而她男人的名字中恰好有个领字。领与春,再也不能分开!能分开么?

分不开,我肯定地说。尽管心里很不确定,但能使顾客满意是我的责任。半年业务做下来,我发现我再也不是半年前的那个人了,我有点得意,又有点惆怅。

尽管树的名字里包含着领与春,但女人仍坚持要把一句话刻在树身上。我反对无效。她说人都能文身,树就不能刻字了?这让我心疼,是原来伐木时都没有过的心疼,真不知道我这是怎么了。

"今生,领永远都不离开春"。这行字现在镌刻在那棵领春木身上,像一道符。

树被文了身,白花花亮出芬芳的肉。看得我心惊。

一年后,这种白花花在林子里直晃我的眼。

我下决心离开林区,哪怕被那越来越强烈的死于肺病的忧虑终日笼罩。

因为我确信,不离开,我会心绞痛死的,更难堪。

尽管不知道能去哪里,我还是打好了铺盖卷。我现在就站在林区中间这条唯一通往外界的曲折小径上。

逍遥游

聂鑫森

　　江南大学是一所老资格的大学,中文系又是江南大学的名系。中文系之所以声名赫赫,是因为有一批久负盛名的老教授,在许多专业上可说是一言九鼎,领风气之先。

　　名圣臣字散木的贺先生即是其中的一位。

　　他的专长是古籍校勘与论证,最为人钦服的是《庄子》研究,写过许多振聋发聩的专著。他字"散木",也是取自《庄子》书中,自谦为无用之材,但不材即可免遭斤斧之苦而尽天年。

　　贺先生的样子,尤其是五十岁以后,极似一棵瘦矮枯黄的杂树,一点儿也不起眼。他的个子也就一米六高,背有些弯,平头,脸色蜡黄,唇上蓄两撇八字胡,说话时露出两颗大门牙。他喜欢着青色的衣裤,加上布鞋布袜,乍一看,俨然一乡下农民。

　　二十世纪六十年代初,中文系的办公楼,立在校园东南角的一个小庭院里,是彼此相连的双层木结构小楼,飞檐翘角,古色古香。有一天黄昏,不知何故,起火了,电铃骤响,让所有的教职员迅速撤离。贺先生当时正在办公室撰写讲义,同室的年轻教师陶淘慌忙丢下手中的书,往门外奔去。陶淘是教现代文学的,自己也写小说,在文坛已有相当的知名度。

　　贺先生一声大喝:"你跑什么? 如果我跑,是因为我死了,就不再有人能这么好地讲《庄子》了。"

　　陶淘连忙恭敬地侧立门边,说:"贺先生,您请!"

　　事后,贺先生对陶淘说:"我让你等一下,是想提醒你,什么事都不必慌乱,泰山崩于前而色不变。"

　　陶淘说:"是,是。"

贺先生喜欢独来独往,以书为伴。上课之外,不串门,不交际,不嗜烟酒。唯一的爱好是在休息日,带一两本古书和一些干粮到郊外的僻静处,赏玩山水后,坐在树下读书。他的眼睛真好,读了这么多书,却无须戴眼镜。他曾以诗嘲弄那些戴着深度近视眼镜的同辈:"终日耳边拉短纤,何时鼻上卸长枷。"

"文化大革命"说来就来了。

贺先生很快被打成"反动学术权威",红卫兵小将隔三差五拉着他去游街批斗。他被戴上一顶很高很尖的纸做的帽子,胸前挂着一块黑牌,上写"打倒反动学术权威贺圣臣",手里提着一面铜锣。他没有一点沮丧之色,从容地走着,锣声响得有板有眼。

他的几个同辈人,有的受不了这种侮辱,自杀了;有的吓得旧病复发,住了院。他对他的老伴儿和儿女说:"我不会自杀,也不会因病而逝,我还有几本书要写,我不能让天下人有憾事。"

后来,贺先生又被遣送去了"五七干校",以体力劳动来改造他的思想。和他同居一室的是陶淘。这一老一少的任务是喂猪,不是关着喂,而是赶着猪野牧。他们两个人共一口锅吃饭,俨然父子。

很奇怪的是贺先生对做饭炒菜十分内行,尤其是炒菜。虽说少荤腥,蔬菜由场部统一发放,也不多,但贺先生却能变通烹调之术,或凉拌,或爆炒,或清煮,做出陶淘从没有品尝过的美味。特别是春夏之间,贺先生识得许多野菜,比如马兰头、蕨菜、地菜、马齿苋……他亲自去采,以补蔬菜之不足。

陶淘问:"您怎么识得这么多野菜?"

贺先生说:"我不是出生于书香世家,我的父亲是农民,是祠堂资助我上的学。另外,我看过许多这方面的书,孔子说多识鱼虫草木之名,想不到现在用上了。"

陶淘说:"您很有童心,我却没有,惭愧。"

贺先生还采了许多艾叶,晒干,做成艾条。他说他稍懂医道,有些病可以烧艾作灸,十分见效。

陶淘的情绪越来越坏。

有一天出门牧猪时,陶淘说身体不舒服,想休息半天。

贺先生说:"好吧。"

贺先生把猪赶到不远处的山坡上,让猪自去嚼草。他坐在树下,想他的《庄子》大义。坐了一阵,觉得陶淘的举动有些异常,慌忙往回赶。

推开门，陶淘上吊在矮屋的梁上。

贺先生忙把被子垫在地上，搬来凳子，站上去，用镰刀砍断绳子。陶淘跌落在被子上。

贺先生寻出一截儿艾条，在煤灶上引燃，然后灸陶淘的"人中"穴。

过了一会儿，陶淘醒来了。

"贺先生，您不该救我！"

贺先生说："我已至花甲，尚不想死，何况你！我的《庄子》研究，想收个关门弟子，你愿不愿意？"

陶淘哭了。他因出身不好，又搁在这似无穷期的"五七干校"，女朋友忽然来信要和他分手……

"女朋友分手，好事！不能共患难，何谓夫妻？若你们真走到一块儿，有了孩子，再遇点厄难，那才真叫惨。"

陶淘说："我愿受教于先生。"

此后，贺先生开始系统地向陶淘讲述《庄子》。没有书，没有讲义，那书和讲义全装在贺先生的肚子里。《汉书》记载《庄子》一书为五十三篇，实存三十三篇，分内篇、外篇、杂篇。贺先生先背出原文，再逐字逐句细细讲评，滔滔不绝，神完气足。《逍遥游》《齐物论》《养生主》……伴随着日历，一篇一篇讲过去。

贺先生讲课时，喜欢闭着眼睛，讲到他自认为得意的地方，便睁开眼问："陶淘兄，你认为如何？"陶淘慌忙站起来，毕恭毕敬地说："学生心悦诚服，确为高见！"

陶淘觉得日子短了，生活有意思了，眼前常出现幻觉：贺先生就像那自由自在的鲲鹏，扶摇直上，"其翼若垂天之云"，自由自在，不以环境险恶为念，堪为他人生的楷模。

世道终于清明了。

陶淘一边工作，一边当了贺先生的研究生和助手。在他的协助下，贺先生完成了几部关于《庄子》研究的重要著作。

贺先生说："陶淘，我也该走了，我的肝癌居然拖过了这么多年，实为奇迹。庄子说，生为附赘悬疣，死为决疣溃痈。我现在把该做的事做完了，写完了书，还有了你这个传人，此生无憾。"

几天后，贺先生安详地去了，享年七十有二。

最后的核雕

聂鑫森·

五十岁出头的居贤住院了。

住的是本市一家新筹建的肿瘤医院,医生、护士都是从各个医院抽调来的。

经检查,是肝癌晚期,也就是说居贤已经可以清楚地看见死神的面容了。

我到外地出差半个月,回到雕艺厂就听到了这个不祥的消息。作为老朋友,我当然是要去探视居贤的。可厂里人告诉我,居贤托人在厂宣传栏里贴了一个纸条,上写:谢谢关心,敬勿探视。他的脑袋是不是也出问题了?管他呢,反正我决定下午三点以后,到医院去,他总不至于把我关在病房之外吧。

居贤的肝癌,一定与他过于嗜酒有关。

在雕艺厂,有玉雕、石雕、木雕、葫芦雕、瓷雕、核雕各种行当,但从事核雕的只有居贤一人。居贤出身于核雕世家,所谓核雕,就是雕刻橄榄核,属于微雕的范畴。核雕起于何时,书上没有明确答案,但在明、清两朝已盛极一时,明人魏学洢所写的《核舟记》,便是一个例证。橄榄核其形如舟,质地坚硬,故题材往往与舟船有关,如《东坡夜泛赤壁》《郑和下西洋》《草船借箭》等。

居家核雕起于哪一位先祖,也不可考了。可考的是,居家的手艺与酒密不可分。雕手临睡前必喝酒,说是要在腹中孕育一团酒气;晨起洗漱后也要喝酒,让新旧酒气杂和混糅;雕刻时,身边还要摆上一杯酒。下刀之前,将橄榄核含在口中,让核儿从外自里渗入人气和酒气;半个时辰后取出,雕几刀,就要把核儿放在酒杯上熏一熏。这种家传的职业习惯,天天氤氲在酒气里,

021

故居家的雕手，个个都嗜酒如命，虽说喝酒不误事、不乱性，但却难有高寿之人。居贤的祖父和父亲都是雕艺厂的技工，六十岁上下就辞世了。而居贤五十出头就站在了死亡线的边边上，可嗟可叹。

居贤是十八岁进厂的，一口气干了三十多年，当然也喝了三十多年的酒。他的核雕作品无比精细奇妙，寸长之核雕成一船，船舱之窗可开可闭，船尾之舵转动起来吱吱有声，舱中人物、桌椅、器皿活灵活现。一件核雕作品有时要雕一两个月之久，或出口销往海外，或为一些收藏家订购，价格是很昂贵的。在全国的工艺品评比中，居贤得过许多奖状、奖杯。

我曾劝过他，要保重身体，除必要的喝酒之外，还是少喝为好。

他仰天大笑："不喝酒，核无灵性，人无灵气，居家的手艺是酒泡出来的。再说，我孤人一个，不喝酒，闷得慌。"

居贤当然成过家，老婆是个医生，长得也漂亮。度蜜月时，他们去杭州盘桓了一个星期，两个人天天在湖上泛舟。但这个女子有洁癖，一闻到居贤口里喷出的有异味的酒气，就呕吐，吃不下饭，睡不着觉，完全是生理反应，与感情无关。半年后，两人客客气气地分了手。那时，我还没到雕艺厂来，所以居贤的老婆没见过。曾听人说，这个女人一直是独身。二十多年过去了，居贤也没有重温鸳梦，每个月的工资都丢到酒壶里了，一张脸总是泛着酡红。

居贤没有传人，谁愿意学这个行当呢？核雕费精神、耗眼力，而且——费酒钱，酒伤身体，也"伤"家庭。居贤的前车之鉴，让人望而生畏。

太阳渐渐西斜的时候，我走进了肿瘤医院的住院大楼，然后乘电梯到了十楼的肝病科。值班室里，端坐着一个年轻的女护士，正在翻着一叠病历。

"请问，居贤住几号房？"

"五号房。"

我正要转身，她又说："他不在病房里。"

"哦，去哪里了？"

"肯定……在医院门口右边短街上的一家小酒店里喝酒哩。"

这就怪了，医生还允许居贤去喝酒？他一个肝癌晚期病人，这不是火上加油吗？

护士望了我一眼，问："你是他厂里的人？"

我点点头。

"这居贤呀，进院后，不肯做手术，不肯打针，只是象征性地吃点中药。

他说这病他早就觉察了,这次住院原也是不肯来的,硬不来,领导就为难了,大家会骂领导不管群众的死活。"

"居贤每天在病房里干什么呢?"

"谁知道呢,门总是关得紧紧的。唯一可以进去的是庄敏庄大夫,庄大夫负责居贤的治疗,她进去后要待好一阵才出来。"

"庄大夫知道居贤喝酒吗?"

"应该……知道吧。"

我请求她领我到五号病房去看看,她答应了。

在五号病房前,小护士拧了拧旋把,门锁住了,她只好掏出钥匙插进锁孔里,打开了门。

这是个单人病房,一床、一桌、一椅、一几而已,但房里散发着挥之不去的酒气,不,在酒气中还掺杂着橄榄核的气味。

我走到桌子前,俯下身子细看,桌上还余留着未揩净的橄榄核碎末。

我默默地走出了病房,并决定去找一找居贤。

医院门口的右边,有一小截街道,果然有一家小酒店,是专卖零酒及一些下酒物的。瘦瘦的居贤正坐在窄窄的店堂里,津津有味地小口啜着酒。

我突然坐到了他的对面。

他一点也不慌乱,仿佛我的到来在他的意料之中。

"居贤呀,你不知死活啊,还喝酒!"

他笑了,然后说:"我问过大夫,我还能活多久? 她说顶多半年吧。我说我平生好的就是这一口,就别管我了,反正阎王已经勾了名字,戒酒就没有必要了。她说,你只当我不知道就是。"

"是那个叫庄敏的女大夫吗?"

"是的。"

我长长地叹了一口气。

杯中的酒喝完了,居贤看了看表,站起来,说:"我该回病房了,哈哈,庄大夫要来查房了。老弟,你千万不要来了,你们事多,别浪费时间。"

我的眼里淌出了泪水。

夕光灿烂。

走出小店,居贤朝我挥了挥手,潇潇洒洒地朝医院走去。

五个月后,居贤溘然长逝。

他留下了两件核雕作品,都是在病中完成的。

一件是"金鼓龙舟",二十四名桡手赤着上身,整齐地划着木桡;中舱击鼓者是个穿对襟短褂的老者,剑眉飞扬,银髯飘飘,双手握着鼓槌,正奋力擂鼓。鼓帮上刻着一行小字:"金鼓龙舟。留赠古城雕艺厂。居贤。"在我所见居贤一生的作品中,这是一件神品!

另一件是一只常见的窄长的游船,艄公正摇着橹,船舱中隔几坐着一对青年男女,矮几上放着茶壶、茶盅。仔细看,男的分明是居贤,女的很漂亮,但认不出是谁。舱门上也刻着一行小字:"难忘西湖四月天。留赠庄敏。"

舱中的那个女人,原来就是年轻时的庄敏庄大夫。许多年前西湖泛舟的那一份温馨,竟一直镂刻在他们生命的年轮里,这蓦然的相逢,又使他们领悟了什么?收获了什么?外人则不可知。

我又闻到了郁郁的酒香扑面而来……

老街梨园旧事

刘建超

戏霸

　　老街的戏园子不在老街的繁华处。沿着老街往东走,出了丽京门,走上两里地,有一片桃园,桃园对面就是老街的戏园子。

　　老街是商贾之地,三教九流,人物繁杂。听戏是个清净事儿,在嘈杂喧闹的地界里是不能安心听戏的。老街的戏园子在丽京门外,去戏园子听戏,就成了老街人闲散怡情的乐趣。有戏班子来,站在丽京门城墙上,就能听到戏班子人咿咿呀呀地喊嗓子,影影绰绰地看到戏班子人练功跑圆场。

　　老街人爱听戏,对在老街发生的梨园趣事,无论过去了多少年,老街人也能如数家珍,念叨个细细致致。最让人津津乐道的是"戏霸"洛半城。

　　说起洛半城,老街上点年纪的人都记忆犹新。洛半城原是开乐器铺子的,卖锣鼓铜镲古琴竹笛,也是半路出家喜欢上唱戏。玩票也玩出了精彩,嗓音亮,粗犷豪放,唱花脸能声穿半个洛阳城。洛半城进老街戏班子时已是二十多岁。跟着戏班子,开始只是唱唱折子戏,后来就排全本的《铡美案》《霸王别姬》《西厢记》。洛半城既可以扮花脸演唱他最拿手的包拯爷,也能来悲愤颓唐的《卖马》里的老生秦琼,还能变身《西厢记》里尖音假嗓的小生张君瑞,更绝的是他能反串《大破天门阵》的穆桂英。老街人把十八般武艺集于一身的洛半城称为"戏霸"。

　　洛半城读过几年书,识字不多,脑子特别好使,尤其是看戏有过目不忘的本事。那年,河北来了戏班子,唱的是连本的评剧《穆桂英大破洪州》。老街人听着过瘾，洛半城也想把戏给留下来。他买了厚礼去见了戏班子的老板，人家把礼收了，就是不给剧本，说的话也不中听。同行是冤家不说，也根本没有把老街的小戏班子放在眼里，连个正儿八经的角儿都没有，别说不给你，就是给了你本子怕也是糟蹋了。洛半城也不计较，连看了三个晚上的戏，把《穆桂英大破洪州》从头到尾一字不差地背了下来。河北的戏班子到附近几个地点唱了半个来月的戏，再回到老街，竟然看到洛半城带着老街的戏班子在演出《穆桂英大破洪州》，惊得戏班老板连声叹道，霸道，太霸道了。

戏霸洛半城在他最红火的时候，忽然就不再登台唱戏了。谁也不知道啥原因，传得最广的一个版本说是因为看上了他的小师妹梨花白，可是梨花白却又不知何原因要独守其身终身不嫁，洛半城因情所困，便不再登台。老街人都摇头欷歔，感叹不已。

洛半城不登台唱戏，在老街八角楼旁开了一家小店，半城水席园。门面不大，生意却是不闲。老街的人怀旧，来此吃饭多半是看看洛半城，谈谈往昔，期望着洛半城能再出江湖。洛半城只是热情地招呼顾客，从不提唱戏之事。老街人就说，谁要是能让洛半城给唱出戏，那真是得有天大的面子。

岁月把"戏霸"演化成了一个美丽的传说。

老街经过改造，八角楼焕然一新。半城水席园也发展成了古典风格的二层小楼，生意依然火爆。

九月天，秋高气爽。半城水席园来了一桌客人，点的是最贵的菜，喝的是最好的酒，五六个光头健壮的小伙子，要见老板洛半城，非要洛半城来给哥儿几个唱上一段，否则就砸了这店的招牌。满嘴酒气的几个年轻人把服务员吓得不敢靠近。还没有听说过，有人在洛半城的店里闹过事的。洛半城不但有当年戏霸的声誉，为人处世也是极其厚道。洛半城每年都要出资，奖励老街考上大学的孩子，七十岁以上的老街人，来店里办寿宴的一律免费，深得老街人的赞誉。听说有人在半城水席园闹事，围观看热闹就把楼上楼下挤满了。

有人说，洛半城不在店里，别闹了。

不在店里我们哥儿几个可以等，等多长时间都行，反正我们这酒也还没有喝够哪。

有人说，别闹了，再闹就报警。

报警，报吧。哥儿几个天天来这里吃饭，你就天天报，哥儿几个奉陪。

就是,前些日子,家里办事,出钱请这个当年的戏霸给走个场子,嘿,还不给面子。今天,也别怪我们哥儿几个不给面子啊。

明眼人知道,这是被街上的小混混给缠上了。老街不怕别的,就怕难缠的小混混。别的事情是可以用钱来摆平的,小混混要的是面子。

正僵持着哪,忽然听到一声吆喝:圣旨到——

众人诧异,却见洛半城身着朝服,手持一方锦缎,大步走来。身后跟着个小厮,抱着一罐杜康贡酒。

洛半城走到青年人的桌前,展开锦缎,朗声念道:奉天承运,皇帝诏曰,时乃国泰民安,秋风送爽之日,朕闻众位爱卿在此雅聚,甚感欣慰。望众位爱卿爱国守法,体恤民情,共建老街和谐之城。特赐美酒一坛,佳肴免单。钦此。片刻的沉默,接着便是暴雨般的掌声、叫好声。几个脸红脖子粗的年轻人也不好再说什么,接过酒坛,抱拳说,戏霸,哥们儿服了。走人。

安静下来,洛半城坐在二楼窗前,望着远处怡心胡同出神。

洛半城的师妹梨花白就住在怡心胡同。

戏迷

老街人爱听戏,老街人也懂戏。街角旮旯,花园广场,只要支起家什,拉起弦子,就会有人聚在一起,开心不开心都要唱上一段。老街人懂戏,一般的戏班子不敢来老街演出。名气不大没关系,只要卖力精心,老街人也会叫好。名气再大,敷衍了事,老街人会把你懒散奸猾不尽力之处宣扬得人人皆知,任你满大街敲锣打鼓油妆重彩地宣传,老街人就是不买账。据说,当年最红火的常香玉剧团和杨兰春剧团来老街演出,也是格外的小心和卖劲。

丽京门下有一个裁缝店,名字特别,"贵妃醉裁缝店"。而裁缝店的主家,却是个双腿不能行走坐轮椅的男子,大家都喊他程裁缝。程裁缝爱听戏,才把铺子安在并不热闹的丽京门下。这里能看到老街的戏园子,能听到戏班子啊咿呀呀的喊练声,能看到桃林里有人压腿、拧旋子、踢腿、练小翻。程裁缝剪裁做服饰,兼修鞋擦鞋。活儿做得细致,价钱公道,生意不错。程裁缝有个规矩,凡是来这儿剪裁修整戏服剧装,统统免费。一些让程裁缝办过事的戏班子,时不时会送上戏票,邀他去听戏。

程裁缝听戏很认真,那日相思古镇的戏班子演《古城会》,散了戏,程裁缝不走,要见见扮演马童的演员。戏班子有人诧异,这《古城会》演的是关二爷,戏迷追捧的是演关公的名角,哪有戏迷要见个饰演马童的翻扑武生?

演马童的武生叫孙成,长得剑眉高扬,举手投足,英气勃发。听说有戏迷等他,妆没卸净,一声"俺马童来也——"随即从台上翻下,站到了程裁缝面前,双拳一抱,敢问这位大人有何见教啊?

程裁缝笑了,说,我看你给关老爷牵马那串跟头翻得不得劲啊。

孙成吃了一惊,自己在这串跟头上是打了折扣。老街人不得了啊。

程裁缝又说,不是你不用心,是戏装不合适,裤子有点兜裆,不舒服。拿来,我给你改一下就中了。

孙成更是吃惊,确实新做的裤子不太合体。小戏班,手头紧,服装布料也将就,负责服装的是个姑娘,孙成也没好意思提出来。被程裁缝修改过的服装可身舒坦,孙成的跟头翻得又飘又稳,台下掌声一片。孙成携礼拜访程裁缝,两人成为挚交。

程裁缝在闲暇时,一个人便闭上眼睛,轻轻地哼起《贵妃醉酒》的曲调,手指在膝盖上有节奏地打着拍子,沉浸在自己臆想的情景中。老街当年的名伶,被称作梨花白的女人,经常来看望程裁缝,给他带些自己亲手做的松软香酥的洛阳饼。老街人说,这俩人有故事,程裁缝年轻时给梨花白拉过车,梨花白最经典的戏就是《贵妃醉酒》。故事的具体内容,谁也说不清楚。

老街的戏园子始建于明初,是一个雕梁画栋的木质二层楼。古戏楼对面,还有个土石搭建的小楼,据说是专门用来唱对台戏的。动乱的年代,古戏楼被砸毁,那土戏台被当作大批判的战场保留下来。后来,在古戏楼的遗址上重新建了新戏楼,虽然赏心悦目,却少了古朴厚重,令人扼腕。老街戏迷之间经常是打擂唱个对台戏取乐,但在戏园子里鸣锣打鼓唱对台戏的事情还没有发生过。

二十世纪九十年代末,有家外地戏班来老街唱戏。戏园子正被老街的戏班占着演出《花木兰》。要说同行不撬行,没了台口,你先到别处转悠,等人家演罢转场子了你再来。可这家戏班很势张,根本不把老街的戏班子放在眼里,声称要唱对台戏。老街的规矩,攻擂者只能在新戏楼对面的土戏台子上唱,吸引的观众多,在新戏楼演戏的班子就得让位走人。敢与当地戏班子叫板打擂,可见人家的功夫是深还是浅了。

后半晌,那家戏班子的红角儿拿双厚底靴找程裁缝修理。程裁缝认真地看看,细致地修补。那红角儿也是闲等无事,就哼起了一段戏。埋头走针的程裁缝,抬起头支棱着耳朵听了听,一笑说,您这位先生唱得不得劲,少了霸气。

那红角儿斜睨着眼,不屑地说,你老也懂戏啊。你倒是给我来段有霸气的听听。

程裁缝也不瓢,说,我只是个戏迷。来一段也中,你给个调。

那红角儿就嘀个隆咚给了个《铡美案》的快板。

但见方才还木讷低沉的程裁缝瞬间腰板挺直,双目圆睁,双手扎起架势,一脸正气,开口唱道:驸马爷近前看端详,上写着秦香莲她三十二岁,状告当朝驸马郎,欺君王,藐皇上,悔婚男儿招东床,杀妻灭子良心丧,逼死韩琪在庙堂。将状纸押至了爷的大堂上,咬定了牙关你为哪桩?

字正腔圆,声如鸟鸣,颇有裘派风范,围观的人一片叫好声。那红角儿颇感震撼,接过修好的厚底靴,给程裁缝鞠了一躬,说,老街戏迷了不得。

戏班子撤了,对台戏没斗起来。

戏魂

梨花白在老街唱红时,年方十六岁。

梨花白六岁开始跟着师傅学艺,拜在梅派名师们下。在老街首次登台时,正值梨花满天,一院春色,师傅便给她起了个艺名梨花白。

梨花白登台唱的是梅派经典剧目《贵妃醉酒》。梨花白扮相俊秀,嗓音甜润,念白、唱腔、舞蹈、水袖,一招一式举手投足都深谙梅派风韵,老街人听得如醉如痴。

梨花白走出戏楼已是午夜,一轮弯月苍白地挂在丽京门的檐角,青石板路泛着幽幽的冷光。一辆车轻轻地来到她的面前,拉车的是一个和她年纪差不多的小伙子。

老街人歇息得早,天黑收店,吃饭睡觉。半夜里是不会有啥生意的,尤其是个拉车的。

这么晚了,还没有收工?

小伙子憨憨地笑,我是在等你,天黑,路上怕不安生。

梨花白好生感动。去怡心胡同。

车子在青石板路上轻快地颠簸起来。

老街的戏园子在城外两里地。从丽京门到戏园子,一色的青石板路,为了听戏能够清净,这一段路只能是步行,唯有拉车的才能上路。青石板路在戏班子唱戏时才热闹一下,沿街两边做各种小营生的摊贩忙碌着,多半是卖些小吃、水果。在这里可以吃到纯正的不翻汤、浆面条、绿豆丸子汤。戏散人静,青石板路便又恢复没了活力的冷清。

车子在青石板路上微微颠簸,却是很舒适。许是太累了,梨花白在轻微的颠簸中闭上眼睛睡了。拉车的小伙子放慢了脚步,双手攥紧车把,让车子走得更平稳些。怡心胡同到了,小伙子不忍心叫醒梨花白,车子拐过头又跑回去。梨花白醒来,看见小伙子气喘吁吁,后背已经被汗水浸湿。

梨花白连忙表示歉意,小伙子乐呵呵地说,没事,我爱听你唱戏。只要你有戏,多晚我都等你。我姓程,你叫我程子就中。

程子真的每次都等着拉梨花白,并且说啥都不收钱。梨花白说急了,程子就呵呵笑,说,那中,啥时候你给我唱出戏就中了,我爱听《贵妃醉酒》。一个雨夜,程子送梨花白回家后,发现胡同门口有几个不安生的身影。程子也就没走,躲在一个屋檐下。

梨花白住的二层木楼上果然传出了动静。程子飞一般蹿过去,跑上二楼,推开了门。几个痞子满嘴酒气,梨花白单薄的身子缩在床角发抖。

痞子对程子来搅和他们的好事极其恼怒,三五下就把程子打翻在地。程子满脸是血,依然倔强地站起来。

痞子头说,看来你真是想逞能了。那我成全你,今天我要不了女的就要你。你是干啥的?

拉车的。

靠腿脚吃饭啊。那好吧,今天我废了你的腿,就放过这个小妞。

咋都中,你们别欺负女娃。不然,就是打死我,我也拽个垫背的。

痞子掏出了刮刀,程子的一双脚筋被他们生生挑断。

虽然那几个痞子后来被法办了,但是,程子只能坐轮椅了。

程子学了剪裁手艺,在丽京门下开了"贵妃醉裁缝店"。每天接送梨花白的是她师兄洛半城。老街人都说梨花白和她师兄是天造的一对,可就是等不到他们结合的消息。

动乱的年月,剧团由"造反派"接管,梨花白被当成资产阶级的黑苗子遭受批斗,发配到街道去扫大街。

程子转着轮椅,找到"靠边站"的洛半城,说,我听着剧团里演李铁梅的那主嗓子不中,不洪亮。英雄李铁梅声音不洪亮咋能鼓舞咱老街人们。你和剧团头头说说,可以让梨花白伴唱,这也是接受改造,接受教育嘛。

剧团头头觉得革命群众说得有理,就把梨花白抽回团里,在幕后为演李铁梅的演员伴唱。老街人知道后,都去听梨花白唱戏,听戏的人多了,革命阵地牢固了,剧团头头挺高兴。

中秋时节,梨花白发烧,嗓子不佳,她和剧团头头请假。头头瞪着三角眼不允许,中秋节快到了,要过革命化的中秋节,死了都要唱。

结果梨花白在唱"打不尽豺狼决不下战场"时,倒了嗓子。剧团头头说梨花白故意破坏,还是想着那些才子佳人。在戏园子的土台子上,不但批斗打骂梨花白,还要她把"打不尽豺狼决不下战场"唱一百遍。

梨花白直唱得嘴角渗血,气若游丝,昏死过去。从医院出来,梨花白彻底失音,别说唱戏,说话都如蚊子嗡嗡。洛半城气愤难平,把剧团头头狠狠揍了一通,从此不再唱戏。

一个艺人,不能唱戏,活着还有什么意义?梨花白来到了洛河边。月圆皓洁,秋水依依。梨花白的脚刚刚踏进河水,却听到洛河桥上传来《贵妃醉酒》:海岛冰轮初转腾,见玉兔,玉兔又早东升。那冰轮离海岛,乾坤分外明——竟然是程子。梨花白哭倒在程子怀中。

动乱过后,梨花白又回到剧团,担任艺术指导,退休后常常和洛半城推着程子去广场听大家聚会唱戏,三人真的是发如梨花。

又是一个中秋夜。老街戏园子那座土台子上,梨花白和洛半城油妆重彩,在冰冷的月光下,倾心上演《贵妃醉酒》。

台下没有观众,静静的场子里,只有一辆空空的轮椅。

活着的手艺

王 往

他是一个木匠。

是木匠里的天才。

很小的时候,他便对木工活儿感兴趣。曾经,他用一把小小的凿子把一段丑陋不堪的木头凿成了一个精致的木碗。他就用这个木碗吃饭。

他会对着一棵树说,这棵树能打一个衣柜、一张桌子。面子要多大,腿要多高,他都说了尺寸。过了一年,树的主人真的要用到这棵树了,说要打一个衣柜、一张桌子。他就站起来说,那是我去年说的,今年这棵树打了衣柜桌子,还够打两把椅子。结果,这棵树真的打了一个衣柜、一张桌子,还有两把椅子,木料不多不少。他的眼力就这样厉害。

长大了,他就学了木匠。他的手艺很快就超过了师傅。他锯木头,从来不用弹线,木工必用的墨斗,他没有。他加的榫子,就是不用油漆,你也看不出痕迹。他的雕刻才真正显出他木匠的天才。他雕的蝴蝶、鲤鱼,让那要出嫁的女孩看得目不转睛,真害怕那蝴蝶飞了,那鲤鱼游走了。他的雕刻能将木料上的瑕疵变为点睛之笔。一道裂纹让他修饰为鲤鱼划出的水波或是蝴蝶的触须,一个节疤让他修饰为蝴蝶翅膀上的斑纹或是鲤鱼的眼睛。树死了,木匠又让它以另一种形式活了。

做家具的人家,以请到他为荣。主人看着他背着工具朝着自家走来,就会对着木料说:"他来了,他来了!"

是的,他来了,死去的树木就活了。

我在老家的时候,有段时间,常爱看他做木工活儿。他快速起落的斧子砍掉那些无用的枝杈,直击那厚实坚硬的树皮,他的锯子自由而不屈地穿梭,木屑纷飞;他的刻刀细致而委婉地游移……他给爱好写作的我以启示:

我的语言要像他的斧子，越过浮华和滞涩，直击那"木头"的要害；我要细致而完美地再现我想象的艺术境界……多年努力，我未臻此境。

但是，这个木匠，他，在我们村里的人缘并不好。

村里人叫他懒木匠。

他是懒，除了花钱请他做家具他二话不说外，请他做一些小活儿，他不干。比如打个小凳子，打扇猪圈门，装个铁锹柄……他都回答：没空儿。

村里的木匠很多，别的木匠好说话，一支烟，一杯茶，叫做什么做什么。

有一年，我从郑州回去，恰逢大雨，家里的厕所满了，我要把粪水浇到菜地去。找粪舀，粪舀的柄坏了，我刚好看见了他，递上一支烟：你忙不忙？他说不忙。我说，帮我安个粪舀柄。他说，这个……你自己安，我还有事儿。他烟没点上就走了。

我有些生气。

村里另一个木匠过来了，说："你请他？请不动的。没听人说，他是懒木匠？我来帮你安上。"这个木匠边给我安着粪舀柄子，边说走了的木匠："他呀，活该受穷，这些年打工没挣到什么钱，你知道为什么？现在工地上的支架、模具都是铁的，窗子是铝合金的，木匠做的都是这些事，动斧头锯子的少了。他转了几家工地，说，我又不是铁匠，我干不了。他去路边等活儿干，等人家找他做木匠活儿，有时一两天也没人找。"

我说："这人，怪。"

我很少回老家，去年，在广州，有一天，竟想起这个木匠来了。

那天，我躺在床上，想着自己的事，一些声音在我耳边聒噪：

——你给我们写纪实吧，千字千元，找个新闻，编点故事就行。

——我们杂志才办，你编个读者来信吧，说几句好话，抛砖引玉嘛。

——你给我写本书，就讲女大学生网上发帖要做"二奶"的。

我什么也没写，一个也没答应。我知道我得罪了人，也亏待了自己的钱包。我想着这些烦人的事，就想到了木匠。他那样一个天赋极高的木匠，怎么愿意给人打猪圈门，安粪舀柄？职业要有职业的尊严。他不懒。他只是孤独。

去年春节我回去，听人说木匠挣大钱了，两年间就把小瓦房变成了两层小楼。我想，他可能改行了。我碰见他时，他正盯着一棵大槐树，目光痴迷。

我恭敬地递给他一支烟。我问他："在哪儿打工？"

他说:"在上海,一家仿古家具店,老板对我不错,一个月开五千元呢。"

我说:"好啊,这个适合你!"

他笑笑说:"别的不想做。"

拉弯的天空

王　往

腊月二十八,我赶到了老家。

我一路笑着,和村里人打招呼。一个回到老家的人,笑容是对母亲最好的慰藉。

一进门,我就问妻子,妈呢? 妻子说,在小菜园里呢,是挖地去了吧。

我当即去了小菜园。孩子拉着我的手,吃着香蕉,一蹦一跳。

母亲是在挖地,在那只有几张桌子大的小菜园里。那是我们家唯一的土地了,自从到了城里,我就把地退了,这事一晃已过去了七八年。

到了小菜园,那土上有一层细雪。母亲的头发全白了,不是那种养尊处优的银发,是枯发,灰白,像枯草间萎缩的叶子。想不到,这些年,不种田了,母亲反而衰老得厉害。

我说,妈,我回来了。母亲停下来。母亲笑笑,回来啦。母亲的脸色是灰黄的、干涩的。以前,不是这样,母亲一顿能吃两碗米饭,脸色红润,如枫叶。我说,妈,不挖了,回去吧。母亲说,挖一下,把土翻过来,冻酥了,春天虫子就少了,到时种些豆角,种点青菜,就这点地啦。我接过铁锹说,妈,我来挖。母亲说,算了吧,回去,这点地留着,我明天挖。

母亲扶着锹柄,目光投向了村外那些大片的农田。母亲小声说,你听没听说,现在种田不用缴农业税了。

我说,听说了,报纸天天看呢。

母亲说,开始我不信,后来听人说了,我就去看电视,真有这事,我几夜都没睡好。

我知道母亲又要说种田的事了,就避开她的目光,没敢接话。我每年回家,她都要说我们家没地种了,退了地真可惜。我说,一来,你年纪大了,我们心疼你，不想让你再操心，二来，我们兄弟都工作了，人人给你钱，你想吃什么都买得到，还种什么地呢？母亲说，分田到户那年，我和你爸没日没夜地在田里忙，心想，这下有粮吃了，你们读书也不愁学费了，哪想到你们大了，一进城里就不种田了。不是种田，我和你爸哪能养活你们？我说，你还想我们在家种田啦？你盼我们长大成人，有出息，不就是想我们有个好工作好家庭吗？母亲当然没理由反驳我，只是老重复着一句话：唉，没田种了……

大年初一上午，无风，太阳又艳。我和村里几个小伙子坐在廊檐下闲聊。母亲和妻子在灶屋做饭。快吃午饭了，来了一个讨饭的老妇。老妇往门前一站，放下米袋，笑呵呵地说："小兄弟们帮帮忙。"我说，老奶奶，您的儿女呢？老妇说，一个儿子，脑子不好使，女儿出嫁了。我问，老头子呢？老妇又呵呵笑起来，老头子，早死啦。我说，对不起，奶奶，问你伤心事了。我对孩子说，拿一碗米给奶奶，用大碗。孩子跑去厨房了，出来时却抓了一把米。那小手能抓多少米？我对孩子说，叫你用碗，大碗。孩子把米放到老妇米袋，又跑向厨房，出来时，对我说，爸，妈说不让给了。我皱了皱眉：妻子一向是个大方人呀。我有些生气了。我掏出十块钱给了老妇。我说：奶奶，一点心意。老妇接过钱，不停地说，好人啦好人……

吃完了饭，没人的时候，我半开玩笑地对妻子说道：现在你掌权了，一点不顾我的权威了。妻子说道，我怎么啦？我说，那讨饭奶奶怪可怜的，我叫给一碗米……妻子说，你不知道，米缸里的米都是妈秋天拾回来的，当时我在炒菜，她在烧火，我怕她心疼啊。一缸米，要拾多少稻穗啊……

我说，哦。

我去了厨房，打开米缸，抓了一把米，那米有圆圆的珍珠米，有长长的鼠牙米，有青白相间的"一品香"，有尖尖的糯米……是的，是拾的稻穗碾出的米。我的手颤抖了，泪水一点点浮上来。

我看见秋天的田野，看见秋天的母亲。

她弯着腰，从一块田跨到另一块田。

她走到了自家的稻田。她弯下腰，又站起来。她的目光抚摸着每一株稻根。她怎么也不相信，她盼了大半辈子，等来了分田到户，等到了自己的田，她像服侍皇上一样服侍它，它却归了别人。一群麻雀，呼啦啦，像一排密集的子弹落到了田里，在田的另一头不停地啄食。她流下眼泪，她手中握着的不是自己亲手种植的稻谷。她弯下腰，哭出声来，她要土地回应她：这是你自己的土地。

　　她的腰把秋天的天空拉弯……

看电影

王　往

电影是一束光。

在乡村的夜晚，这束带着奇迹的光让黑暗生动起来，让贫穷富有起来，让寂寞欢腾起来。

等一等，天还没有黑，夕阳还没有收起光线的织布机，让我们先说说放映之前的事情。首先是两个放映员出场了。放映机在自行车后座上，胶片在车杠下吊着的帆布袋里。他们俩衣着整洁，神采飞扬，红里透白的脸上带着几分热情几分傲慢。对于大人来说，这是一份吃香喝辣的职业，村干部将借此机会来一顿正大光明的公款吃喝，孩子们不关心这些，对于孩子来说他们是英雄，是神奇的信使。他们跟在放映员后面不停地问，今晚放什么片子？放映员在孩子们面前不摆架子，干干脆脆地告诉他们片名。有些孩子急不可待地回去了，他们要催大人早点儿做饭，早吃了早来占着前面的位置。有些孩子好奇心重，不着急回去吃饭，他们要看放映员埋好两根竹竿，将银幕缓缓拉上。村干部催着放映员洗手吃饭了，他们还在看着空空的银幕，猜想着那束光投射在上面将会出现什么。

有电影的夜晚，孩子们吃饭是潦草的。最怕的是发电机突然响起来，他们会毫不犹豫地丢下碗筷，搬个凳子就跑了，嘴角上黏着的饭粒，鼻子上黏着的玉米渣都顾不上擦一下。

银幕前的人越来越多了，放映员和村干部打着饱嗝出来了，电影开始放映了！

是的，电影是一束光。当它投射到银幕上时，世界也就投射到了银幕上。

人们从电影上知道了村庄之外的另一些村庄，国家之外的另一些国家。

在另一些村庄里，人们劳作之余可以喝咖啡而不是喝水，在另一些国家人们庆贺胜利时就在大街上接吻。当然，人们也知道了世界上还有比自己生活得更差的地方，有些地方还有奴隶，有些地方战火不断。

人们全神贯注于银幕，忘了白天曾经和邻居为了一只鸡而大吵大骂，忘了家里的粮食可能支不到明天晚上。电影，将人们带到了一个梦里。

孩子们更专注于对情节的猜测。看到头戴贝雷帽、手夹香烟的女人，他们就嚷起来："特务！"果然那个女人很快化装成了特务；紧张的音乐响起，树木一动不动，他们立刻断定："鬼子来了！"果然，随着几把刺刀闪现，日本兵猫着腰走向了八路军躲藏的柴垛……

在这些孩子中，有一个叫小柿子的好奇心最重，他总想弄明白电影是怎么做成的。看一会儿电影，他就扭头朝放映机看去，他不明白那束光和胶片之间有什么关系，为什么一束光就能带来一个故事。这些故事让他欢笑，让他流泪，让他对村外的世界充满了好奇。

有一天晚上，电影散了，小柿子没有回家，和几个小伙伴模仿着电影里的故事，玩打土匪的游戏。他拿着木头枪，走进树丛，搜查"土匪"。没走几步，就看到两个抱着接吻的人，男的是村里的欧亚，女的是葡萄，他的大姐。他悄悄退了出来。

就在小柿子回到路上时，看到了他的父母拿着棍棒过来了。

父母看到了小柿子，问他看到大姐葡萄没有，看到欧亚没有。

小柿摇摇头。小柿子从电影里知道，要是一男一女愿意在一块儿，一定是他们互相喜欢了。电影里，如果男的是坏人，他抱着女的，女的一定会打他，叫喊。大姐葡萄没有打欧亚，一定是喜欢欧亚的。他不愿意出卖他们。

又一天晚上，他去小河边捉萤火虫，听见一个女的在哭。他走过去一看，是大姐葡萄。葡萄不哭了，站起来，将一根绳子甩到了树杈上，掂起脚，打了一个扣子。

小柿子赶忙扑向葡萄。

小柿子说："大姐，你可以叫欧亚带你走啊，走得远远的。"

小柿子又说："电影里都是这样的，家里不同意男的和女的在一块儿，就可以去远方。"

葡萄把他紧紧地搂在胸前。葡萄说："小弟，你真聪明。"

…… ……

多年以后，上高中的小柿子正为一笔学费发愁时，葡萄和欧亚带着孩子来了,葡萄给了小柿子一笔钱,对孩子说:"你喜欢看电影,叫小舅带你去吧。"小柿子对孩子说:"走,小舅带你去看电影。"

后来,小柿子进了电影学院,有机会了解了电影制作的一些程序。

"电影是什么?"

几乎每一位老师都在首次开讲时进行这样的设问,然后从所授专业的角度给出大同小异的答案。

电影是什么呢?

窗帘拉上,书写板上方垂下了银幕,教室进入了黑暗。

电影是一束光。

小柿子在心里说。

写不出的词语

刘心武

社区的老年大学开张八年了,他退休后已经上过书法班和绘画班,毕业作品参加过展览。如今在家里挥毫,号称是自修完硕士、博士,进入博士后阶段。但是听说老年大学要开个识字班,不由得又去从头学起。

那个识字班,当然不是针对文盲的扫盲班。招生广告很有意思,是把头几天的报纸头版贴出来,把几条新闻里的词语画上红线,问怎么读,什么意思。他只看了"三审定谳"一个词语,就决定报名进班。说起来他有大学本科文凭,当过几十年的工程师,但直到现在,还是搞不清"定谳"究竟该怎么读,究竟是什么意思。人生真是学无止境,人生之乐真该寓于学习之中。

老年大学许多班多少是要收些费的,这个识字班却完全免费。俗话说"免费无好货",但上得第一堂课,他就觉得实在是快乐无涯。千金难买一刻乐啊!

那老师比他大不了几岁,胖墩墩的。见面就在黑板上写出自己的姓氏:亓。问学员们:"怎么称呼我啊?"一位老大姐就乐呵呵地高声唤出:"卞老师!"他带头大笑,纠正说:"要叫'齐'老师!"他大学同学里恰有姓这个的,他知道"亓"要读成"齐"。亓老师就说:"中国人姓名里怪字最多。比如去杭州岳庙,跟秦桧夫妇一块儿跪在那里接受千古唾骂的,有叫这个——"在黑板上写出两个字是"万俟",问大家:"要叫着这个奸臣名字骂他,怎么出声?"包括他在内的学员全傻眼了。亓老师就教给大家,"万俟"是复姓,发音是"莫其"。

亓老师说,这个识字班主旨还是解决大家平日在读书看报、听广播看电视时遇到的那些疑难词语。于是他明白"定谳"不能读成"定献",要读成"定'验'",是定准罪名的意思。接着又明白了"差强人意"不是"让人觉得差劲"的贬义,而是"大体上还让人满意"的褒义。

亓老师从第二堂课起,就让学员自带疑难问题来,由他解答。虽然他每次上课都带着一摞字典,却很少翻查,差不多总能脱口而出地教大家发准读音,理解对词语的含义。亓老师失去了一只手掌,往黑板上写字的那只手挥洒出的笔画风格独特。

几堂课过去,大家熟了,课前课后也就有早来晚走聊上一阵的。于是知道亓老师是从外地一所大学中文系语言专业毕业的,1962 年分配到北京一所中学担任语文教师,退休后一直在撰写一部内容冷僻的语言学著作,尚未完稿。

但是亓老师的这个识字班的学员越来越少,离约定的三个月结业考试还差一个来月的时候,能坚持来上课的就只剩五个人了,他是其中风雨无阻坚持得最好的。在家里,跟老伴,他时常炫耀从亓老师那里学来的词。比如电视里播《红楼梦》的节目,老伴问:"贾琏,字典里'琏'只有一个读音'脸'啊,怎么电视里总'贾连贾连'的啊?"他就得意地解释:"亓老师说了,国家文字改革委员会有一个关于读音的规范,当一个词语是两个第三声相连时,允许第二个第三声的字轻读,所以,贾琏是可以读成'贾连'的!"老伴笑:"你学来这么些细腻的学问,究竟有多大用处啊?"他就答:"起码我不会得老年痴呆,劳累你伺候啊!"老伴抬杠:"那我要脑萎缩呢?"他笑:"你搞的那十字绣,越绣越细腻,除了咱们家摆满了,亲友家几乎送遍,你更不会脑萎缩!"

这种免费课程,跟小孩子过家家似的。结业考试那天,五个学员自带纸笔陆续到达,亓老师在黑板上郑重写出试题,第一题就问"三审定谳"怎么读怎么讲。他是第二个进入考场的,一进去,只听见一位学员大姐正在跟亓老师热情地表达关于安装假肢的建议。直到学员们到齐,亓老师宣布考试开始,那位大姐才终止她的热情表达。

考完后亓老师当场阅卷,他得了满分。别人都散去了,只剩他和亓老师两个人时,亓老师忽然跟他说:"我要特别感谢你。你有一种品质,是无法用词语写出来的……"他吃了一惊。只听亓老师幽幽地说:"你是来上课的人里,唯一的一个始终没有问我为什么失去一只手掌的……在我一生里,到目前为止,能跟我相处时刻意不问这个的,很稀少,你是第三位。"说着主动用那独一的手掌,把他的两只手掌拢到一起,紧紧地握住。

回到家,他对老伴讲完这件事,低下头,惭愧地说:"其实,跟他告别前,我那问他究竟怎么失去一只手的话语,都涌到喉咙口了啊!"

兜风

刘心武

按说职业司机对坐车兜风不会感兴趣，可的哥青岭却发出这样的感叹："要能跟倪叔一起兜兜风就好啦！"

那是三十多年前的事了：倪叔到青岭他们那个村子蹲点，吃派饭轮到去青岭家。蹲点指的是干部下基层工作一段时间，从"点"上取得经验，以后再往"面"上推广。蹲点干部一般住在生产大队队部，吃饭呢，则由生产队干部分派到一些农户家里，轮流供应，以一定的工分作为补偿。青岭那时候八九岁，他娘给倪叔安排的饭菜好香，光那一盘炒鸡蛋，就让青岭馋涎难禁，可是爹娘不许孩子们上桌，青岭只能扒着门缝偷看。没想到坐在炕桌边的倪叔瞅见青岭，坚持要他进屋上炕同吃。他爹娘怎么推辞也无效，只好唤他进屋。青岭那顿吃得好香！吃完饭，倪叔还留青岭玩，青岭给倪叔说了自编的顺口溜："河边有个庙，庙里盘个灶，灶上蒸白薯，惹来大老鼠，老鼠甩尾巴，想把白薯拿，狸猫猛一蹦，老鼠忙钻洞，白薯滚出锅，变个大青骡，四蹄呱嗒嗒，跑到老虎家……"倪叔听了仰脖大笑。如今青岭已经想不清楚倪叔的五官，但那天大笑的倪叔脖颈上暴突的青筋，只要一回忆，还总能活生生地呈现在眼前。

后来有一天，倪叔结束蹲点，要回市里去了，市里派了一辆吉普车来接。那年头，青岭他们那村子，有拖拉机，也来过大卡车，可是很少有小轿车出现，吉普车更是头一遭进村。不知那最早见到吉普车的人是怎么嚷嚷的，顿时全村轰动，说是"现代化来了"。那时候也不懂什么是"现代化"，反正一听说"现代化"就感觉幸福从天而降，连小脚老太太也忙出屋去开眼纳福。结果，村东的姚奶奶，不慎摔了一跤，磕落了门牙——当时痛苦，几年后家里富裕了给补上了乱真的假牙，她老人家逢人就先咧开嘴，然后说："可不是现代化了嘛。"——这是后话。且说倪叔把行李放上车以后，执意要找到青岭，说是让青岭上车，跟他在村边转转，兜兜风。当时车边围着多少大人孩子啊，多少人想坐进那车里，跟着兜兜风，享受一下"现代化"啊，可倪叔只是一迭声地找青岭。偏那天青岭在河里摸鱼，人们好不容易才把他找到，簇拥着来到倪叔面前。倪叔好高兴啊，热情地让青岭上车一起兜风，可青岭那时不知怎么的超常羞怯，任凭倪叔催、同伴推，就是没有登上"现代化"……后来倪叔只好让司机开车出发了，挥手向乡亲们告别。

关于倪叔的一切，若不是有偶然的线索牵动，那相关的记忆都淡若云烟了。前些日子青岭歇工一天，拎了两瓶酒一个蛋糕去给大哥祝寿。嫂子烧出一桌好菜，哥儿俩边喝边聊，大哥忽然说起，曾见到过倪叔。大哥是电器修理工，有回去一家修理冰箱，那位退休的老干部给他倒茶水剥橘子，闲聊中，问起他原是京郊哪儿的人，大哥一说出口，那老大爷先"嗬"了一声，跟着就问："你们村有个叫青岭的孩子吧？"大哥说："那是我老弟呀，哪儿还是孩子？他孩子都上中学啦！"青岭一听这话，酒醒了一半，忙问："倪叔他家在哪儿呀？"大哥说："我成天东一家西一家地跑，哪儿还记得他那地址？你看这倪叔也真怪，村里那么多人，他偏就问起你一个。"青岭追问："他还怎么说起我？"大哥说："他就是反复说了好几次：青岭那个坏小子！"

青岭跟我说起这事，问我："我该不该千方百计找到倪叔，请他坐上我的车，免费一起兜兜风呢？我们可以绕着五环跑一圈，饱览现代化风光啊！"

我说："怎么实施你的愿望，我没有具体意见。只是听了这件事，我很受触动。世上人们的感情，可以分三类，一类是真情，这里面又包括亲情、友情和爱情。一类是善情，或者针对具体的弱者，或者针对弱势群体，对他们尊重、同情，竭诚地帮助他们。还有一类，就是美情。美情不同于亲情、友情、爱情，不一定有非常坚实的基础；美情也不同于善情；美情是完全超功利的，产生于偶然，就是一个生命对另一个生命，忽然喜欢，然后就想用一种方式，来让那人分享快乐，这种感情往往是只开花，不结果的。真、善、美这三类感情，其实最难获得的是美情啊！"青岭听了我的话，一旁沉吟。

那一年

郭　昕

"七十四块三毛八。"

当生猪收购站那个鹰钩鼻子把那些大的小的软的硬的票子推到爹面前时，爹似乎被它们吓住了。半天才想起伸手，伸到半道又缩回去了，哈着腰小心翼翼地问鹰钩鼻子：

"七十四块……三毛八？"

"没错，老头儿。"鹰钩鼻子不耐烦了，随手把钱一划拉，说，"一边去，老头儿。"

钱出溜到了桌边，两张小票顺桌角滑下，在冬日的黄昏中飘飘洒洒。爹慌慌地伸手去抓，票子像是故意跟爹捣蛋样左扭右摆最终还是巧妙地落在了地上。不等爹弯腰，我麻利蹲下，捏起它们拍打拍打又捋得平平展展递到爹的手上。

我从没见过这么多钱。去年队里分红，爹和娘干了一年分了十六块四毛二。这七十四块三毛八比十六块四毛二多多少呀，我算不清，也顾不上算清，只知道欢喜地咧着大嘴看着爹。

爹好像不会笑。见着这么多的钱他也不笑。爹"呸呸"往拇指和食指上吐了些唾沫，把钱一张一张仔仔细细点了两遍，又在桌上磕了几下，最后大票在下，小票在中间，几个硬币规规整整码在最上边，一卷，掖到黑棉袄里面。

"回啦，二小。"

我站那里不动。

"家走呀。"爹催我。

"爹——你说猪卖了给我买挂炮……"

爹愣了愣,手抬起来。我仰脸盯住爹的手,爹的手把没扣住的黑棉袄扣子扣好就放下了。

"爹——"

"啥时候了,铺子都关门了,下回吧。"

我的心一下凉透了。要不是爹说过卖了猪给我买一挂炮,我才不跟他跑二十多里冤枉路呢!下回,下回在哪儿呀,从我记事起,这是我家卖的第一头猪。

"爹——"我喊着,泪蛋就要掉下来。

爹不看我,端起车把在前面走了。

再有两天就是腊月二十三了,我们这儿叫小年。街旁哪家灶屋里飘出一股好闻的猪肉白菜炖粉条的香味,诱得我使劲吸了两下鼻子。结果,连收购站厚厚的猪臊气都吸进去了。

我把裤子往上提了提,极不情愿地撵爹去了。

出了公社这条小街就是高高低低的黄土路了。远远的庄子上有一缕缕白烟升起,一两只回窝的鸟急急地打头顶飞过。我跟在爹后面,脚踢着土坷垃心里骂着爹。还是爹呢,说话不算数,谁跟你叫爹呀?!我故意走得很慢,慢着慢着就看不到爹了,我干脆一屁股坐到路中间。等一会儿就听前面喊:"二小——二小。"我不答理。又是几声:"二小——二小。"我磨磨蹭蹭地站起。等又看到爹时,爹蹲在路边数钱。见我过来了,爹把钱掖到怀里,拍拍棉袄。

"坐上吧。"

我一扭身,给爹一个脊梁。

"坐上吧,二小。"爹架好车等着我上去。

我想起爹怀里揣着七十四块三毛八,爹答应过给我买炮说话不算话,心里就堵上一个大疙瘩。我想起爹晌午跟我一样吃了两碗红薯面,推着两百来斤的猪走了二十多里地,爹的个子好高好高,爹的背已经有点驼了,爹这会儿驼着背端着车把等我上车,心里的疙瘩就软了,化了。

"上去吧,推着走快点儿。"

天差不多黑透了,偶尔有一两声狗叫传来。车轮吱扭吱扭叫着,在黄土路上滚动,颠得我上下眼皮直打架。风呜呜地吹着,棉袄变得跟张薄纸一样。好冷啊,怎么还没到家?什么东西搭到身上,暖暖的。我闭着眼抓一把,噢,是爹的大棉袄。爹推了我一路,该下来走走了,可我浑身酸软,一动也不想动。好像是过桥了，那座长长的石拱桥。车头翘起来了，高高的，车屁股又撅起来了，高高的。迷糊当中，听到哪儿响了一声"当啷"。好了，过完桥，再有个一里多就到家了。想睁眼看看爹，却怎么也睁不开。

睡得好香啊，谁在那里说话，烦死人了。

"他爹，不对呀。"

"不能吧。路上点几回都够数。"

"唉，对不上呀，别是丢哪儿了吧。"

我打了个尿战惊醒了，睁开眼，外屋亮着灯，爹和娘正在说什么。听一阵，想起爹的大棉袄，想起桥上那一声"当啷"，想说不敢说，不说又不甘心。

"爹——"我试探着小声叫。

"睡你的。"爹极不耐烦。

我壮壮胆子，声音再大一点儿。

"是不是丢桥上了，我好像……好像……"

"啥？"爹从外屋冲进来，娘端着油灯忙不迭跟在后面。

"你说啥？"爹的影子投在土墙上老大老大，晃晃悠悠的，看得我心里发毛。

"过桥时，我好像听见……"

不等我说出听见什么，爹抡圆了胳膊，照我左腮帮子上就是一巴掌。"啪"的一声，左半边脸顿时热辣辣的，耳朵嗡嗡地叫起来。

从记事起，这是爹第一次认真地打我。我不知道自己犯了什么错。我生怕爹再来第二下、第三下，忙抬起胳膊抱住了头。

爹只打了那一下。等我放下双手哆哆嗦嗦走到外屋时，爹和娘都不见了。我扑到院门口，只见夜色中晃动着一团红光，很快地远了，远了。

我躺在一动就吱吱叫的破板床上，睁大了眼看着黑糊糊的土墙。鸡叫过头遍了；鸡叫过两遍了；鸡开始叫第三遍了。

门响了，我忽地跳下床往外跑。

娘进来了，手里拎着家里那盏小灯笼，一脸的疲惫和欣慰。后面是爹。爹的个子老高老高，进屋时都要弯一下腰。看到我，爹笑了一下，笑得很涩很涩："找到了，二小。"长这么大，我第一次看见爹笑。

爹的右手攥得紧紧的，慢慢伸到我眼前，又慢慢地张开了手掌。

手掌上，静静地躺着一枚五分硬币。

那一年，我刚刚八岁。

该死的烟筒

郭　昕

　　女人终于走了,带着孩子走了。开始的日子里,男人每次打开房门时还能真切地嗅到女人留在房子里的那股气息,渐渐地,那气息越来越淡了,终于有一天像女人喋喋不休的埋怨絮叨一样远离男人而去了,男人感到一种前所未有的轻松。

　　男人同女人分手,自然有许多说得出口说不出口的理由。当男人有闲暇一次次梳理自己的思想时,他清晰地认识到,女人的许多"优点"是他不堪忍受同她继续在一个屋顶下过日子的重要原因之一。比如说女人的认真,事无巨细的认真。这认真往往体现贯穿在每一件事情上。就拿烟筒来说吧。烟筒是这个地区一般居民冬天取暖的必备之物,家家户户都少不了的。可男人就没见过哪家像自家女人那样认真地侍候烟筒。没错,侍候烟筒。每年取暖季节刚过,女人就三天两头地催男人把架在屋里的烟筒拆下来,然后一鼓作气掮到楼下(男人家住六楼),找一片干净平坦点的土地——必须是土地,水泥地不行,水泥地太硬了,会把烟筒弄坏的——然后把一节节烟筒竖起来在土地上轻轻磕,一下,一下,再一下。把因一冬天空气的氧化和煤气的熏染而剥落的锈屑磕在土地上,堆出一个又一个有薄有厚不规则的圆。这些程序别人家也有,男人虽不情愿也还能接受。可女人还有进一步的要求。她要男人用石灰水或柴油在那些磕净的烟筒里面均匀地刷上一遍,"这样能延长使用寿命"。男人不知女人这一理论从哪儿得来的,为了这一理论的实践他每年的某个时候都要掮着一捆烟筒、一个旧塑料桶和一根磨秃了的拖把或扫帚去寻觅柴油或石灰。柴油不是那么容易弄到的。好在这些年来社会始终处于一种亢奋发展的状态,男人家东西南北不远不近的某个方位总会有一个或大或小的建筑工地存在,有工地就不愁没有石灰堆或石灰坑，男人也才得以按女人的要求完成关于烟筒处置的第二步。

男人掂着烟筒、塑料桶，夹着拖把或扫帚上得六楼时，已是怒火中烧了，踢开门就会扔出一句：

"真他妈嗦，不行买新的，费这穷事儿干啥?!"

女人就回敬："咦，拉完屎你别擦屁股得了，反正明天还要拉的。"

男人恼了："什么话？这也是女人说的?!"

女人恼了："女人怎么了，女人就得刷锅洗碗洗衣服做饭侍候男人一辈子？"

女人不依不饶，要男人趁热打铁，把刷过石灰水的每节烟筒两头用废报纸包上，拿细绳扎牢，像给烟筒戴小帽系围巾似的。然后再拿两根粗点的绳子把烟筒们扎成一个大捆，最终将它们挂到阳台墙壁上早已钉好的那两个大钉上。这时，关于烟筒的处置才算彻底完成，女人才会收回她一直盯着男人每一个动作的眼睛，拍打拍打自己身上的灰尘，心满意足地离开阳台到厨房去洗手洗脸。

女人不知道，当男人按她的指令做着这一切的时候，总在心里一遍又一遍地咒骂："该死的烟筒。该死的烟筒。"

男人和女人结婚八年，八年，为烟筒为洗碗为送孩子上幼儿园为过年给你家的礼多了给我家的礼少了这样鸡毛蒜皮的小事吵了八年。

如今可好了。

女人走了，带着孩子走了，把男人的一切束缚一切烦恼一切怨恨统统带走了。女人是冬天走的。

男人开始了轻松随意的日子，早上愿睡到几点就可以睡到几点，再没人冲他嚷嚷，快起床起床，再不起孩子上幼儿园就来不及了！饭后他可以一次又一次顺手把碗筷丢到水池里，直到再也找不出一只干净的碗盘时再来个一次性的大清理。晚上，他可以在卡拉 OK 或露天舞场或朋友家的牌桌上随便沤到什么时候，然后理直气壮地上楼开锁。有兴致的时候还可以约一个女人来家坐坐，那女人会像原来的女人那样束起围裙在厨房里转来转去，却决不像原来的女人那样在饭桌上对他抱怨，什么纯毛线又涨价了，双鹿毛线涨到四十一块三了;什么阳台顶漏得越来越厉害了，再不修这个雨季就不好过了。然后，男人还可以做男人想对女人做的那些事而决无一丝问心有愧的感觉。这就是自由了，自由多好，男人生性就是爱自由的。

夏天了，烟筒还在。男人不想也不愿侍候烟筒了。那天男人无意中瞥见有麻雀在探出窗外的烟筒口那儿进进出出,男人潇洒地朝麻雀们吹了声响亮的口哨。

麻雀惊飞了。烟筒横在屋子的上空,犹如一个长长的破折号。

冬季的第一个雪天,男人死了。

男人死于烟筒漏气导致的煤气中毒。

童年的月饼

高 军

月亮挂在氤氲着蔚蓝的天上,皎洁的月光洒在院子里,让人感到神清气爽。面前的小方桌上,摆着水果,还摆着一盘高档月饼。

我把目光从天空收回来,拿起一个月饼,轻轻地咬一口,在嘴里仔细地咂摸着——它怎么就没有当年母亲做的月饼好吃呢?

那时候,我们住在沂蒙山深处的一个林场里,家中人口多,生活窘迫。夏天刚过去,我就盼着过中秋节,几乎天天问母亲:"八月十五快到了吧?"

母亲的眼里掠过一丝忧伤:"想吃月饼啦?"

我抿着嘴唇,使劲点头:"嗯。"

母亲也好似下了决心:"今年一定叫你们几个吃上月饼。"

我高高兴兴地跑出去,迅速地告诉了小伙伴们。

有的羡慕:"真的?"

有的不信:"这几年谁家能吃上月饼?你净瞎吹牛。"

我一点也不担忧,天天盼着中秋节的到来。

这天,母亲又让我把家里攒的十多个鸡蛋拿到代销部去:"换一封火柴,余下的换成盐。"

这时,我突然对到时能否吃上月饼产生了怀疑,就小声说:"还不如换成钱,到时候买月饼。"

母亲一下子怔住了,脸上现出难过的表情。我有点害怕,不敢说话了。过了半天,她以坚定的口吻说:"听话,先去换这些东西吧,到八月十五保险叫你吃上月饼。"

时间一天天过去,家里整天清汤寡水的,月饼的事也没什么动静。我盼中秋节快来,又担心真来到后更让人失望。

051

家中的墙头上搭上了榆树皮,这是母亲从采伐的榆树枝上剥下来的。她已把外面的那层黑皮去掉了,只留下里头那层白白的,在那里精心地晒着。我并不在意这是干什么用的,我关心的是月饼问题。

到了星期天,母亲招呼我:"今天别出去疯了,跟我去干点活。来,拿着抓钩。"

我扛起抓钩,母亲用镬头背起一个用腊条编的三条系子的筐,我们娘儿俩向野外走去,一直走到一片茅草地。

母亲弓下腰,用力地刨着地。地,是黄土地,土碴子硬,用很多劲才刨出一小块地方。不大一会儿,母亲的脸上就汗涔涔的了,上衣后背也溻透了。她喘着粗气,把镬头一扔,疲惫地坐在镬把上:"用抓钩把茅草根划拉出来。"

我使劲地用抓钩抓着,把茅草根拢在一起。然后母亲再刨,我再抓。我们娘儿俩用了一上午的时间,刨满了一大筐茅草根。母亲又领我到河边,把茅草根择干净,在水里洗了又洗,一条条茅草根就变得白生生、水灵灵的了。

母亲把它们切成段,晒在院子里。待晒干后,她又放在瓦片上用火慢慢焙干,到石碾上碾碎,用罗认真地过罗,粗的再碾压一次,最后就成了甜甜的细面了。

接着,母亲又把地瓜干和榆树皮一起放在碾盘上,抱起碾杆,一圈圈地转着,还不时地用笤帚往里扫着,最后也碾成碎面。

中秋节到来了,母亲先用水把掺着榆树皮的地瓜面和好,擀成薄皮,然后包上茅草根粉,做成月饼形状,先放在锅里蒸熟,出锅后凉透,再在平底锅里放上花生油用慢火仔细地煎烤,待皮子变成焦黄色,月饼就做成了。

望着天上的月亮,咬上一口母亲做的月饼,酥酥的,又香又甜,我终于吃上了月饼。

多年过去,日子变好了,母亲再也不用自己做月饼了。

可是,每到中秋,不管多么高档的月饼,我总吃不出好滋味。

——还是那年母亲做的月饼好吃啊!

爱的位置

高 军

男孩和女孩相识了。两人先是约会，然后就顺理成章地相爱。女孩长得漂亮而大方，也很浪漫。男孩呢，文雅又幽默。女孩对他很满意。

两人经常见面，见面后就并肩去散步。从一开始，就是男孩走在女孩的左边，女孩靠在男孩的右边。他们走啊走，总也走不够，从院内走到院外，不知不觉就走到了大街上。他们这个地方是个小镇，一走上大街，其实就是走上了公路。

他们从来都是并排着走。有时，女孩走到了男孩的左边。男孩就马上拉着女孩的手，把她换到自己的右边去。女孩就嗔怪地嚷："干什么干什么？"男孩就深情地注视着女孩，笑着说："我爱。"

渐渐地，女孩也习惯了。偶尔走错了位置，女孩会自己走回去，靠在男孩的右边。突然意识到，为什么我非听他的？就又转到左边："我得自己说了算一次，就走这边。"男孩就笑嘻嘻地说："我的右手灵活，拉着你得劲儿，动手动脚的也方便一些。"女孩就用拳头擂他："真是又贫又坏。"

女孩总是一次又一次地重复着问："说心里话，你真的爱我？"

男孩认真地点着头，真诚地说："当然是真的，我一天不见你，白天就吃不下饭，晚上就睡不着觉，我都……"

女孩打断他的话："又贫了不是？"

男孩做出痛苦状："真令我伤心死了，到底要怎样你才相信我？"

"还是贫，"女孩假装生气地说，"爱我爱我，你对我的爱到底在哪里？我怎么看不出来啊？"

男孩微笑了一下："大爱无言，真爱无声。"

"不行，你必须说。"女孩撅起了嘴巴。

过了一会儿,男孩见她还是不吭声,好像真的生气了,就说:"好吧,我告诉你。"

女孩露出了笑容:"这还差不多。"

男孩向右侧着头,认真地说:"我对你的爱在右边。"

女孩感到有点失望,有点忧伤:"真是的,你怎么就是在这一点上没有幽默感呢?"

男孩说:"这不正是幽默感?"

"是是是,"过了一会儿,女孩又问,"心里不爱是吧?"

"爱。"男孩很干脆。

女孩才又高兴了。

后来他们结婚了,又有了孩子。尽管生活逐渐变得平淡了,但他们出去散步的习惯却保持了下去。开始夫妻俩去,接着抱着孩子去,再后来领着孩子去。

他们还是肩并着肩,从不跑前或落后一步。

更主要的是,男的还是走在左边,让女的和孩子走在自己的右边,这个位置绝对不许改变,一旦有所变化,男的会立即换回来。

女的就说:"你呀,这是何苦呢?"

男的就宽厚地笑笑,然后一本正经地说:"这是爱的位置,怎能随意改变?"

"还是贫!"女的也笑笑,"爱,应该用心,爱的位置应该在心里。"

男的坚定地摇摇头:"不,在右边。"

女的看看自己走在右边,感到男的说的也不错,这话其实就是爱自己的意思,就又一次地不再计较了:"你呀,真没治。"

后来,在他们又一次散步时,男的被从对面驶来的一辆汽车撞伤,送医院后一直昏迷不醒。女的整天泪眼汪汪地在病床前陪着他,呼唤着他。三天后,男的终于醒来了。

女的眼泪哗哗地流着,搂着他的头,趴在他的耳边,深情地说:"我爱你。"

男的以微弱的声音缓缓地说:"我也是,不过,你快到我的右边来。"

女的"哇"地哭出了声,一边哭,一边应着,走向男人的右边……

树叶绿的时候下了场雪

高海涛

这事说起来,应该是十五年前了。那时我二十多岁。

我高中毕业后,就被要到了县文化馆创作组,之后,我的小说经常在多家公开发行的刊物上发表,像《青春》《作家》《时代文学》等。第三年,市报调我去当副刊编辑。去市里报到的那天,应该是刚过了中秋节的十月初,树叶还都是绿绿的。

就在我准备去汽车站的时候,张国中来了:"怎么样,我有车了吧?"

没等我说什么,张国中已把我的被卷、脸盆什么的一股脑儿地放进了那辆破五十铃里,然后,又把我拉上车。一踩油门,车就向市里的方向奔去。

我问:"你的车?"那时候私家车还不多。

张国中看了看我,皱起了眉头:"这破车,离我的梦想远了去了。"其实我的问话里没有一丝对这辆破车的蔑视。

车突然停在了一个小农药店前,张国中说:"等我一下。"然后,关了车门,向小店走去。很小的门面,店里有一顾客,张国中进去后,屁股都掉不过来。他费了很大劲,搬出一个很沉的、装农药的纸箱,打开车门,放在我面前。是两套书,精装本的《鲁迅全集》和《傅雷译文集》。

"听说你调到市里,进货的时候顺便买给你的。是不是很有用?平时,经常在各地书亭里的刊物上见到你的名字,想去找你,又怕耽误你的时间。"

"你怎么知道我调动的事?"

"小县城里谁不知道?"说着话,破五十铃就上了104国道。透过车窗,可以看到国道两边高高耸立的白杨树,叶子绿绿的。

认识张国中,是我高中要毕业的时候,《辽宁青年》上发表了我一篇名为《第一天》的小说。那么大一个学校,张国中硬是拿着那本杂志找到了我,说,他是去年在这个学校毕业的,学习太糟,连参加高考的资格都没取得。看到我小说里一句话"人永远都不要忘记自己第一天的创业梦想",他立马就崇拜上了我。他说他的梦想是有辆奔驰,看到我的《第一天》,突然明白了奔驰车得来的方法。

看到小说这样有用,我更加坚定了成为一名大作家的梦想。

快到市里的时候,天,突然阴了下来。好像突然就下起了雪,很大的雪片。一会儿,白雪就落满绿树叶。反季节的风景就是绝美。雪落到地上,变成了水。看着看着,路上已是雨水横流了。这时,车,突然抛了锚。

看看表,天已近午。"先吃点饭吧,本来想到市里大饭店为你送行呢。"张国中说。

我们走进路边一个小小的涮羊肉店。一间小房。看得出,是三间房里最小的一间,通往另两间房门的白灰还是湿的,不是很白。

那时候,这种吃法是新兴的,我从来没有看到过。走南闯北的张国中也没有尝试过,他读"涮"为"刷"。老板也是个与我们差不多岁数的年轻人,听到张国中读"刷",就纠正说,读"涮"。

老板教我们怎么样吃。老板既是老板,又是厨师,又是服务员。

没想到,这东西非常好吃,我竟在这样一个不起眼的、荒郊野外的小店,吃到如此新潮的食物。

"呀,呀,呀!"张国中突然惊讶地叫了起来。张国中手指着涮羊肉店的墙。顺他手指的方向,我看到一条横幅:人永远都不要忘记自己第一天的创业梦想。歪歪扭扭的字,看样子是老板自己写的。

老板告诉我们他是从《辽宁青年》上看到这句话的。当老板知道,我就是这句话的作者时,他简直要抱起我来了,说:"你们是我的第一桌客人,没想到,没想到。"我们实在争不过老板,这顿饭就算老板请了。张国中的车,老板也找人给修好了。不过,老板让我在他那个条幅上签上我的名字。

时间过得太快。转眼就是十五年后的今天。奔驰汽车销售公司总经理张国中,涮肉连锁店总店老板,还有我——报社广告部广告人,在一起涮肉。涮肉店的碗碗盘盘上都印着我签了字的那句歪歪扭扭的话。张国中每售出一辆奔驰车,都会赠给车主一条金钥匙链,金链是用十八个环串起来的,每个环上一个字,串起来就是:人永远都不要忘记自己第一天的创业梦想。

我们三个人都喝醉了。他俩醉眼蒙眬地看着我,异口同声地说:"是我们害了你,也害了我们自己。"我愣了,不知道他们在说什么。

他们接着说:"我们不应该把广告代理权给你。"我更不知道他们在说什么了,以为他们在开玩笑。

他们哭了,放声地大哭:"晚了,什么都晚了。你忘了你最初的作家梦想。我们忘了要的是你的精神产品的初衷。"

我似乎看到了那场雪,那场盖满了绿树叶的雪。

蛇蜕与南瓜

高海涛

上午,我去了一座废弃的院落。门上虽然有一个锈得再也不能打开的大铁锁,可是连接着门的铁链却是锈断的。也就是说,那个大铁锁除了锁住自己,谁也锁不住了。

院内,一年生杂草与多年生灌木相依相伴,绿色的植物间能看到半红的枣子、淡绿的葫芦。那两只圆脸的红南瓜最为醒目,像是这个院落的眼睛,有一种生猛的力量。

树根穿过墙壁,在屋子里原来摆放圆桌子的地方长出了一棵原来圆桌大小的槐树。屋内的墙壁被屋顶漏下来的雨,描绘出许多的钟乳石。那堆砖头在主人离去时,都有棱有角的。如今,被钟乳石穿透过,被雨水浸过,被动物爬行过,没有了一点棱角。

最显眼的是砖堆上面两条蛇蜕。也可以说,这个废弃的院落与房子里,只有那两只南瓜与两条蛇蜕与众不同了。不能说它们富有生机,只是它们是果实和人最害怕的动物之一的衣服,才那样抢夺人的眼光。

我站在破败的土屋的窗前看那两只红红的南瓜。它们就在窗子的上面,很饱满,很光滑。阳光照在它们的身上,它们的影子分别走向那两条蛇蜕。

蛇已经走了。

据说,蜕皮前,蛇不活动,一般在蜕皮前六至十一天眼睛开始有明显变化,角膜呈烟雾蓝色,暂时失明,体色暗浊。经三至五天,眼复明,再过三至六天,开始蜕皮。蜕皮时蛇用力擦吻端及上下颌,当擦开下颌角皮后,即翻仰头部擦上颌。上下颌角皮均擦开后,头部角皮易翻蜕,蛇借助树枝、岩石、草等障碍物加快蜕皮速度。蜕皮后的蛇体,斑纹清晰,新鲜醒目。

蛇为什么要蜕皮呢？生物老师说过："蛇全身都包裹着鳞片，但这些鳞片和鱼的鳞片不同。蛇的鳞片是由皮肤最外面一层角质层变成的，所以叫角质鳞。它比较，韧不透水，也不能随着身体的长大而长大。蛇长大一些，就需要蜕一次皮，蜕皮后新长的鳞片比原来的要大些。蛇鳞不仅有防止水分蒸发和机械损伤的作用，也是蛇爬行的主要工具。"

也就是说，蛇蜕皮后，就上升了一个层次。就如我们的写作，不进行蛇蜕阶段就只能停止在一个层面上。

南瓜也是这样。当红红的皮肉蜕去，种子就会萌发新生。

角　儿

梅·寒

春儿从走进师父家门，成为他的徒弟的那一天起就有一个强烈的心愿：将来某天，她一定要成为像师父一样的角儿。

春儿的先天条件极好，长相、身段、嗓音、悟性，无一处不受师父的赏识。春儿珍惜待在师父身边的每一寸学戏时光，跟师父吊嗓、跑圆场、练云手……一招一式，一声一腔，春儿不敢有丝毫的马虎。甚至，连师父平日里说话，走道儿，春儿也要悄悄跟在师父后边琢磨半天。

春儿的天分加上她的勤奋，使她不出一两年，就已从众师兄、姐妹中脱颖而出。师父素日里所教授的科目已远远满足不了春儿的胃口，她希望师父可以偏看她一眼。然而，春儿那满眼的渴望满腹的心事，师父却是看也不看理也不理，每逢有重要演出，他依然让她跟包，跑龙套，打杂。

春儿跟师父说，她想跟师父学几出好戏，她不怕吃苦，只要师父肯……未等她说完，师父就拂袖转身离去，临走，只给她留下一句话：院子里的花儿该浇了。

春儿低了头，悄悄退下，眼里却夹了委屈的泪。

春儿觉得师父教她学戏的时间越来越少了，分派给她的杂活儿倒是越来越多。师父爱养花，半边院子一年四季都被各种奇花异草占据了，春有大红的茶花素白的玉兰，夏有飒飒的修竹亭亭的白荷，秋天半边院子就成了菊的天下。就是白雪飘飞的肃杀冬季，星星点点的腊梅也会让师父的院子里"春意盎然"。春儿自然也喜欢那些花儿，可那些花儿照顾起来却不是那么容易。旱来洒浇，风来遮挡，热时搭荫，冷时要——替花儿们搭起暖棚。那些活儿，原本是师父家那个身强力壮的小杂役干的，不知为什么，师父后来就把他辞了，让春儿接替了他的工作。春儿学戏有天分，做那些粗活儿却有点吃不消。更让春儿吃不消的事情却不止那些,师父后来又给春儿布置了一项任务,让春儿给他喂鸟儿遛鸟儿。师父的鸟儿都取了艳丽的名字,小红、小绿、小蓝……五彩缤纷、啾啾喳喳的鸟儿叫声把师父的整个后院都给笼罩起来了。

春儿看着师父有意无意间倒背了手,踱着方步到那些花花草草或鸟儿的笼子面前,欣赏抚弄它们,心里就来气。师父宁肯把那些时间留给花草小鸟也不愿意多给她说一句戏。

俗话说,教会徒弟,饿死师父,看来,师父是在防着春儿了。

春儿只得私下里更加勤奋用心。

师父年纪渐老,身段、嗓音都大不如前,春儿却如拔节的新禾,节节向上。师父开始不愿意当着春儿的面吊嗓,每每师父的琴师前来,师父要吊嗓之际,他都要找个借口把春儿支走。要么要她去浇花儿喂鸟儿,要么就差她到外面去给他买些不重要的小东小西。春儿知道,再在师父那里耗下去,也是白白浪费自己的大好年华。

她想方设法替自己缴足违约费,辞别师父。师父有些不舍,却也没有挽留,只在临行前叮嘱春儿:日后不管跟哪个师父学戏都须用心,师父让你养花喂鸟儿也不是白白耽误你的功夫,是让你从这些花草虫鸟中摸索戏之精髓,师父吊嗓时支开你是因为师父素日练声嗓口不稳怕影响了你,可惜你没懂师父的心……

春儿有点后悔,还是头也不回地走了。她要成角儿的愿望已经越来越强烈——她不但要成角儿,还要成为盖过师父的角儿。

春儿也真不枉做了一回师父的徒弟,离开师父的她竟然也凭着自己顽强的苦学苦练,在梨园行内占得一席之地。她登台,亮相,一招一式,活脱脱年轻时的师父。台下叫好儿声响成一片。此时的春儿正值大好芳华,又不似师父男扮女装,她扮演的旦角竟比师父所扮格外多一份妩媚妖娆,也就格外招戏迷喜欢。舞台之上,锣鼓声中,春儿的底气越来越足。春儿的师父叫秋,春儿将自己叫了多年的春儿改成胜秋——春儿摆明了是要跟师父叫板了。师父排哪出戏,春儿就排哪出戏,师父到哪个城市搭戏台,春儿也到哪个城市搭戏台。春儿终于成了响当当的角儿了,她唱得最火的时候,舞台下的观众竟然超过了师父那边。

春儿终于可以扬眉吐气。

扬眉吐气的春儿希望有一天能光明正大地走到师父面前,让师父明白:

没有你的口传心授,我春儿一样成了胜秋。

师父却没给春儿那样一个机会,或者说是危乱的时局没给春儿那样一个机会。春儿和师父的擂台戏打得正火的时候,日寇的铁蹄践踏了中华大地。小日本鬼子也有懂戏爱戏的人,点名道姓让春儿的师父秋前去为他们的长官表演。

秋拒绝。

小鬼子拿出大刀架到了秋的脖子上。

秋还是不为所动。

小鬼子知道秋是角儿,也不敢贸然动手,回去跟自己的长官请示。

秋就在那一晚,悄悄将一包药吞下去……

秋毁了自己最珍爱的嗓子,从此再也唱不得戏。

小鬼子们不知怎么又打听到了胜秋。

胜秋那天在舞台上的表演博得满堂喝彩……

铿锵的锣鼓声中,胜秋望着台下热情高涨的观众,眼角渐生雾气。她知道,她永远无法成为师父那样的角儿了。

戏　痴

梅　寒

　　在临城，余家是响当当的大户，余家老太太一口气连生五子，五个儿子中有四位子承父业开染坊做买卖，只有年纪最小的余五让父母大失所望。余五也生得人高马大气宇轩昂，却天生不喜欢做生意，倒是对游山玩水逛街下馆子挺在行。老爷子看不习惯，软硬兼施，企图把这个最小的儿子拉入商海正途，无奈余五是那扶不起的阿斗，心思全然不在那里。老爷子也只好放手，由了他去。余五自此越发像一匹脱缰的野马，活得没了章法。

　　临城面山向水，地处水陆交通要塞，自古就是商贾云集之地，小城虽然不大，城中有钱有闲人家却不少。临城的戏园茶馆也就格外多，南来的北往的戏班子，来临城，没有一家不赚个钵满盆满满载而归的。

　　余五爱听戏，临城凡是搭台唱戏的地方，没有一处少得了余五的身影。余五彼时年纪正轻，家世又好，每每出行，华服香车，仆从前呼后拥。所过之处，街里街坊斜睨蹙眉，心下慨叹老余家出了这等败家之子。到得戏园茶馆，余五所受待遇却完全是另一幅景象，老板笑脸相迎，台上演员更是恭恭敬敬地称余五"五爷"。

　　这一声"五爷"也不是白白叫的，别看余五没有经商的天赋，对戏，对台上的戏子们而言，余五可谓知己。当然，余五也不可能成为所有戏子们的知己，他爱戏，捧角儿，只捧自己欣赏中意的人儿。不入他戏眼的，他连正眼都不瞧一下。也怪，但凡入了余五的戏眼，被他着意去捧的戏子，无论花旦还是老生，最终无一不红，无一不火。也正为此，五爷这个名字在梨园界越叫越响，前来奉承巴结五爷的人也就越来越多。入了这一行，吃了这碗饭，谁个不想成角儿？

　　五爷却有五爷的标准，不肯轻易出手，他也决不轻易放弃。他不看好的

最具实用性的写作美文·活着的手艺

戏子,哪怕将相王侯携了金玉满堂来找他也不肯叫一声"好";他看好的,哪怕两手空空,他也场场都会准时前去捧场叫好儿。

有时,城东城西,两边的戏班子摆开擂台,同时开唱,刚好两个戏班子里都有五爷要捧的角儿。这下可就忙坏了五爷和他手下的那些人,东城听一半,赶紧勒马上车,急匆匆往西城赶,西城听过紧要处,再匆匆忙忙往东城赶。因为对台上的戏了然于胸,哪里出彩儿,哪里该叫好儿,五爷把握得恰到火候,一个晚上在城东城西间穿来穿去,竟然也不耽误五爷为两边要捧的角儿叫好儿。这也是一种本事。

那年,邻省有一个戏班来临城搭台唱戏,其中有一个唱花旦的少年,十四五岁,生得儒雅俊秀,唱腔深情婉转。五爷坐在台下,搭眼一望,侧耳一听就觉得他是一块唱戏的料。自此后,每有少年的戏,五爷一场不落。等那戏班在临城唱到第二十五天的时候,五爷同往常一样前去听戏,却发现台上的少年不见了,取而代之的是另一张陌生脸孔。五爷急了,匆忙去后台打探,方知唱戏的少年嗓子出了问题,那会儿正神情落寞地在给班主烧水沏茶呢。看到五爷前来,少年的眼圈儿一下子就红了。

五爷去找班主,让少年继续出台唱戏。班主面露为难之色:孩子的嗓子坏了,怕是祖师爷没赏他这碗饭吃啊……

五爷不知怎么的,就认定这少年日后必成大器。那晚与班主商议不成,五爷竟然做出一个平生以来最疯狂也最大胆的决定。他花了几百两银子将少年从戏班里赎出来,又花几百两银子带着少年去求名师:孩子,只要找对师父,别看你嗓子坏了,你仍然能成名成角儿。

五爷的这一举动差点把家里的老爷子气得吐血。

少年对五爷的举动,却是感激涕零,在五爷面前长跪不起,要认五爷为义父。五爷没应承,扶起少年就俯身去掸少年膝盖上的土:演戏有三境,一要演"准"二要演"美"三要演出"味儿",这就好比"三级跳",一跳要比一跳难啊,难能可贵,你小小年纪,就已悟得演戏的第三境了。好好唱吧。

自此,五爷对少年以朋友相称。少年仍旧称五爷为五爷。

五爷大半辈子只爱戏,捧角儿,无心商海仕途,无心娶妻生子,家中所有积蓄几乎全部被挥霍在这上面。父母在时还好,等到父母归西,家里四分五裂,五爷自己的生活都变得困难。五爷仍旧痴迷于戏,那份痴迷却仅仅局限于自己家里那台老旧的唱机。唱机滋滋拉拉,当年他捧红的那些角儿,在咿咿呀呀地唱。年迈的五爷眯着眼睛,摇着纸扇半躺在院中的摇椅上,听到至情处,手上的纸扇"啪"地一合:"好!"那一声,气息不减当年。

却再也没有如潮的"好——"来附和了,只有院角的一树洋槐叶子在"刷啦啦"地响……

五爷病危,想念自己昔日捧红的那些角儿,老生,花旦,小生……

却无一个前来。除了那个他曾为他赎身的少年——彼时,那少年已是红透大江南北的名伶。

看到五爷老态龙钟病体恹恹,身边唱机里依然在放着师兄师妹们的唱片,名伶的眼眶就湿了:五爷,这些年,为这,可苦了你哇……

不苦,不苦,苦因是迷,乐因是悟,五爷好的就是这一口儿哇……

五爷长叹一声,欣然闭目……

怪 伶

梅 寒

某次王公的堂会,他随唱戏的舅舅一起前往。

那年,他也不过是五六岁的顽童,只觉得舞台上来来往往的黑白胡子老头儿好玩,并未谙戏的妙处。但他崇拜舅舅,觉得舅舅是天底下唱戏唱得最好的人。

他崇拜的舅舅在那次的堂会上却受到在他看来最深的羞辱——唱到半道,竟然被人公然从台上轰下来。舅舅返家,气得吐血,躺在榻上半月才能下地。小小年纪的他,第一次体味人世悲凉——不是舅舅技不如人,是那些看戏听戏的人根本就不曾把戏台上的舅舅当作人看。

他发下誓言:要唱戏,要唱连皇帝老儿都舍不下的好听的戏。

心底埋着一种远大的志向,他学起来戏来就格外用力。师父在前面"幺、二、三、走,转……"喊口号教,他已经在心里把那套动作全记在心里。师父教完,让大他几岁的师哥先来示范,师哥也像师父那样喊着口号做,做到一半做不下去,把动作忘了。师哥红着脸退到一边,他不慌不忙地站出来:"幺、二、三,走,转……"口中念念有词,脚下步法丝毫不乱。

师父大惊,问他何以记得如此准确又快捷。他说:"这有何难?我不过把师父所教的动作先掰开揉碎——记住之后再合起来……"

十六岁,他再次跟着舅舅去赴某王公家的堂会。那一次,舞台上的主角换成了他。唱的是《文昭关》,他演老生伍子胥。老戏却发新凤声,舞台上的他将戏中伍子胥身上的奇侠之气,演绎得淋漓尽致。台下两边,满是王公贵胄,不等他唱完,叫好声已经响成一片。

自此,他以老生戏名动京师。京师名流,凡有举办堂会者,无不恭恭敬敬前去请他。若是哪天他因故没能前往,满座客人,竟然都倍觉索然。

有人说他名气大了，脾气也大了。其实不然，自他走上梨园戏台的那天起，他就有自己的坚守。他唱老生，却只唱那些忠义节烈的爱国忠臣，伍子胥、岳飞、鲁肃、祢衡……戏台上的他，台风稳健大方，唱腔慷慨激昂，活脱脱那些良臣忠将再世。台下观众听得热血沸腾，恍惚以为穿越到前世直面戏里的古人。他觉得，唱戏，演戏，要的就是那种效果。像那类凭空臆造的历史戏，他坚决不演。那是对观众的误导，是对历史的不负责任。像《空城计》里的诸葛亮，他也不演，他觉得那不适合他的风格。

老生演戏，有一个怪癖，就是在他唱戏的过程中，台下观众不许抽烟，不许叫好儿。此条规矩不光是针对一般观众，就是皇帝老儿来了，也得乖乖遵守。常去听他戏的观众都知他的脾气，一进他的戏园，坐到他的台下，都自动把手头闲杂放诸一边，凝神静气，只等台上锣鼓歇，他的一折戏唱完，才敢疯狂叫好儿。曾有一新得势的权贵公子，不买他的账，看戏时故意点了手上长长的雪茄烟，向台上吐烟圈儿。那会儿，他才从帘后踱着方步走将出来，闻到台下飘上来的烟味儿，二话不说，转身回到后台，且让人放话出来，那天的演出取消。台下观众炸了窝，却不是针对老生，而是针对那位不识时务的权贵公子的。公子哥儿禁不住众人的喝哄，灰溜溜逃出戏园。

自此以后，无人再敢触老生的雷。

老生戏好，戏德也好，服人服心。不出几年，他便广收门徒，成立了自己的戏班，做了班主。老生给弟子们定下极严苛的行规：不准私赴堂会，不准搞恶意竞争互相拆台，不准对外发表不利戏班发展的言论……条条框框儿极多，却无一个弟子不服。因为那个看似严肃的戏班儿里，还有着浓浓的温情在，那份温情，当然也是老生带来的。按梨园规矩，老生是班主也是台柱子，每出戏演完后，他拿最多的戏份儿钱。他却打破了那个行规，跟弟子们平起平坐，拿同样多的钱，有时甚至连要也不要，就把它让给那些家庭生活困难的弟子。一个堂堂班主，不穿绫罗绸缎，不坐宝马香车，常年一袭粗布蓝衣，仿若乡下清苦的教书先生。这样的班主，唯有老生。

老生一生脾性古怪，曾做出许许多多让人不解的事。比如，打破梨园严苛的等级制度，与弟子们同吃同住，比如，宁守清贫也不接收某些王公贵胄的堂会邀请，比如，国难当头之时他在台上唱得涕泪交流竟然奉劝台下观众不要再沉迷于戏不思救国……

因此种种，老生便得了一个"怪伶"的绰号。

老生做的最后一件让人费解的事，是把戏班班主的位置让给了自己的一名弟子，却让他的亲生儿子徒生感叹。

老生的儿子，从小随父学艺，也工老生，年纪轻轻就已俱角儿的风范。子承父业，于情于理，上上下下都说不出什么。老生却执意把班主的位置拱手交给一位天赋才情都远远在儿子之下的弟子。

儿子不解，心里憋着一股子气，却不敢说。老生倒是明明白白。

老生临终，把儿子叫到病榻前："我知道你觉得委屈……你比师兄，唱得好做得好，但你不懂，你在戏台上，求一个'美'字，你父亲唱戏，但求一个'真'，在这上面，你师兄比你做得好……三十年后，你会比你师兄火……恐怕那时，台下观众都去追求一个'美'了……"

老生的预言成真。几十年后，老生的儿子唱得大红大紫，老生创办的戏班却早已风流云散。

上山与下山

胡　炎

学生说："走好，老师。"

老师说："无碍。倒是你，好走。"

学生是高才生，当年老师的得意门生。

老师是学术权威，学生一生的骄傲。

山，高峻峭拔，有老藤新蔓苍绿着，野林杂花点缀着，流泉飞瀑润泽着。所以，山是秀气的山。

羊肠小道，崎岖回环。路，难行。

学生已腆起了啤酒肚，福发得厉害，步子重，还一口吞一口地喘。老师瘦削，一如当年，睿智，矍铄。

老师说："累不？累就歇会儿。"

学生说："不累。"脚却迈不动了。

倚石小憩。清风吹来，爽。举目四望，林梢峰巅烟岚袅袅。

学生感慨："时光如梭啊，一晃十余年了。"

老师颔首："白驹过隙，逝者如斯，皆先哲之言。唯今昔有别，物是人非而已。"

学生说："不错，学生自忖未给老师丢脸。"

老师浅笑，没答。

学生是出类拔萃的，先从文，后从政，扶摇直上，而今已是副厅级高干。

学生说："很早就想见见老师，只是政务繁杂，分身无术啊。"不知是解释，还是炫耀。

老师说："我晓得。"

学生便讪讪的，又说："居官不自由啊，况身负要职……"

老师说:"奋斗至此,不易。为师者,欣慰于心。"

学生便满足,习惯了严肃的脸,开颜一笑。

又爬山。山势更陡,举步维艰。

老师说:"仕途如爬山。"

学生赞同:"知我者,尊师也。"

老师说:"登高望远,风光无限。感觉不错吧?"

学生又笑,笑出了一脸春风。

说话间,忽至一光秃之处。地上有树桩残留,再有,就是几棵弯曲低矮的老树。

学生说:"怎么成这样了呢? 当年,这里巨树参天。"

老师微眯双眼:"好木皆伐,但余残树。"

学生说:"原来如此。"

老师看一眼学生,又看树,悠悠道:"故曰:树不成材,可保其身;若为栋梁,常招其祸。"

学生没答。

老师又说:"你是栋梁,手下亦多栋梁乎?"

"……"学生有些尴尬。这些年,但凡可威胁其地位者,抑或锋芒毕现者,皆遭"贬戍",分流而闲置起来。

老师笑:"走,快到顶了。"

沉默。风大起来,吹乱了老师的满头银丝。面前一巨石突兀,状若高歌之鸭,这便是峰顶了。山亦因此石得名,唤曰:鸭头山。

学生重又兴奋起来,取了相机,说:"老师,留影。"

老师由他拍照。拍完了,老师又给他拍。

学生说:"不忙,让我骑到鸭头上,多拍几张。"

老师点头。学生笨拙地爬上去,叉腰,昂首,极威风。

拍过了,老师就淡淡地开了腔:"看到这只石鸭,倒让我想起了一个杀鸭的故事。"

学生说:"老师,您讲。"

老师说:"从前有人养了一群鸭,不为下蛋,只为享受鸭鸣。众鸭欢歌,唯有一只默默,除了勤恳生蛋,绝无声响。养鸭人怒,挥刀杀之。"

学生说:"不可理喻。"

老师说:"故曰:金鸭不鸣,而罹其灾;草鸭狂叫,亦讨人笑。"

学生懵懂,无言地看老师。

老师忽而正色:"拍马溜须夸夸其谈之流,可用乎?"

学生垂首,只觉喉干,唇焦,额上有汗涔涔地渗出。

下山时,学生凝望远处,久久默立。

老师说:"想什么呢?"

学生说:"这下山的路,该怎么走?"

等待录取通知的那个夏天

胡 炎

那是我人生中最漫长的一个夏天。

我的高考成绩很不理想，仅高出本科录取线三分。如果幸运垂赐我，我会走进大学的校门，而一旦稍有闪失，我就会名落孙山。

我的忐忑在逼人的暑热里不断发酵、膨胀，我开始失眠。接着，我的饭量迅速减少，一点胃口也没有。不久，我就瘦得皮包骨头了。

父亲常年在外，有一天，他突然出现在了我的面前。

"陪爸爸到乡下转转吧。"父亲说。

我不大情愿，但又不愿让父亲失望。

我们骑着车，穿过郊区，一直到了县城。父亲似乎有用不完的力气，总骑在我前面。后来，我们到了一条河边。说是河，水却枯了，裸露的河床是一片开阔的沙滩。对岸一片树林，蓊蓊郁郁的。父亲说："咱们到那儿乘凉。"沙子被日头烤得炭一样烫，脚刚踏上去，就被烫得跳起来。我歙歙着，下意识地掉转车头。父亲说："都大男子汉了，还那么娇气？"说着，顾自在前边深一脚浅一脚走，虽吃力，却沉稳。我无奈，只得跟随。脚上的感觉渐渐只剩下了热，后来，连热也没有了，只有麻木。半小时后，父亲上了岸，我还有段距离。我不得不钦佩父亲。父亲向我招手，给我加油。我也上岸了，刹那间，我有点想哭。

树林里的确是个好地方，荫凉很厚，而且有风，把疲惫一点点地舔了去。坐下来举起双脚，才知父亲和我都有了轻微的灼伤。父亲说这算个什么呀，他小时候天天就这样光脚跑，一点事没有。但是父亲还是从附近掐了一些草，揉碎了，敷在我的脚上。过了会儿，父亲变戏法似的从沙子里扒出一颗花生来。这是农民收割遗留下的，父亲说这么大的沙滩，再翻找一遍至少能装满一个麻袋。父亲剥开花生,露出粉白的仁,放进嘴里轻轻一嚼,由于沙子的烘烤,竟格外的香甜。

我们拣了截树枝,不停地在沙土里翻拣着,果真找到了不少花生,品尝了一顿天然的美味。

父亲说:"现在感觉怎样?"

我笑了笑。我很久没有这么轻松地笑了。

父亲说:"再难的事,一咬牙,也就挺过来了。"

休息了一阵后,父亲还未尽兴。我们骑上车,又起程了。这次,我们进了一片农民收摘后的果林。父亲说:"这树上肯定还有果子,你能给爸爸摘一个解解渴吗?"我点点头。我很快发现了一个果子,但长得很高。我不怕,脱下鞋子爬树。爬到了粗大的树杈上,再爬,树枝越来越细,我心里面越来越虚。我不能再爬了,但我很想把果子摘下来。这时,父亲在下边叫我:"下来吃果子了。"我寻声望去,父亲的手里竟托着好几个果子!我爬下树,心灰又自惭。父亲拍拍我的头:"长果子的树不止一棵啊,总有适合你摘的。人活着,怎么能在一棵树上吊死呢?"

我默然无语。

第二天,父亲走了,我的心情却好了一些。我开始冷静地想一些事情,比如落榜后该怎么走,比如理想的院校未录取该怎么办。我有了思路,心中渐渐踏实了。

一段日子后,父亲又回来了。父亲拎上网,说:"咱们去河里捉鱼吧。"父亲过去捉鱼捉得上瘾,只是这些年调往异地,少有闲暇,很少下河了。

我们沿着过去经常捉鱼的河走着。该下网了,可父亲不下。父亲说:"走,往上游走。"这是我极熟悉的一条河,却又是我极陌生的一条河。人工的防护堤没了,花坛和草坪没了,代之以古朴的桑树、老槐,一人高的藤草,和愈来愈分不清路的小径。一股沟汊,两股沟汊……蜿蜒着,交汇起来。水清得像空气一样透明,螃蟹在临水的洞口和水中的石块上悠然地爬行……

我有些沉醉了。

父亲说:"多走几里路,不一样了吧?"

我使劲点点头。

父亲笑着从口袋里掏出一封信,递给我:"看看吧,你的。"我接过来,意外的惊喜让我一下子痴得手足无措:我被第一志愿录取了,幸运之神站在了我的身边!

父亲说:"祝贺你,孩子! 以后,还得走得再远一些,像这河,追求无止境啊。"

我的泪潸然而下。我突然明白,我刚刚走过了我生命中一个至关重要的夏天。那是父亲给予我的夏天,让我受益终生。

家　事

艾　苓

父亲·母亲

　　1954年春天,父亲十八岁,榆树般结实粗壮,母亲十七岁,玉兰树一样亭亭玉立。婚姻自主的劲风吹到古老闭塞的鲁西南,已疲惫不堪支离破碎,因此他们无缘结识知名的小二黑和小芹。但是既然已经长大了,迎风而立,只好乖乖地等着随便一双什么样的手,来摆布自己。

　　外祖父曾是那一带的开明乡绅,他跟媒人要求说:登记之前两个孩子必须见见面,先有个了解。

　　这种要求在当时绝无仅有。母亲听说了,想到那个人一路走来,将像耍猴的一样让人家笑话,轰动十里八乡,便愁得天天哭。眼看见面的日子临近,被逼得没办法,母亲只好跟外祖父讲:那个人真来,我就去死。

　　外祖父问:见见面有什么不好?

　　母亲说:他瘸他瞎我都认了。你偏偏让他到这儿来,今后我咋见人呢?

　　约定的那一天,外祖父家等到天黑没见人影——父亲不敢来——母亲自然也没有死,亲事就草草订了。

　　到区里登记那天,十男十女分坐两排,谁也不知道对面哪一位是自己的,又不敢抬头张望,只等着管登记的人念自己的名字。

　　一个四十多岁的黑男人和一个年轻的白姑娘一起站起来,母亲怦怦乱跳的心忽地沉下去。

　　管登记的人问:你愿意和他结婚吗?

　　姑娘低着头低低地说:愿意。

母亲后来跟我说,那姑娘登罢记,没等走出门就掉泪了。等念到自己名字时,母亲壮起胆子偷看了父亲一眼,见胳膊腿都齐全,人也说得过去,就放下心来。

那一次母亲的名字第一次在公共场合被使用,大概也是唯一的一次,因为后来就成了"福春家里的",等大哥出生后,就变成"来顺他娘"了。

父亲是我们的好父亲,却不是母亲的好丈夫。他一生热爱白酒、朋友和被吹捧,有酒必喝,喝酒必醉。

每每父亲酒后同母亲咆哮,我总躲在角落里暗自伤心,然后望着同样伤心的母亲一遍遍发誓:将来一定要把母亲从父亲的家里拯救出去,我养着她。宁可这辈子不嫁人,我也不要父亲再看见母亲,或者母亲再看见父亲。

第二天雨过天晴,晨曦又照到母亲的脸上,父亲也难得地在厨房忙前忙后,什么事也不曾发生似的招呼着我们吃饭上学。我却依然耿耿于怀,在我小小的心里,父亲和母亲像一个粗制滥造、一个精工细做的两只瓷碗,偏偏被放在一起,极不般配。

父亲在家的时候总是忙于制造各种噪声,睡觉时鼾声轰隆隆响,聊天的音量和吵架一样。他干活时,如果手里的东西不乒乒乓乓响的话,他一定要大声唱歌,好在他只会唱那首"嘿啦啦呀嘿啦啦啦",所以家里鲜有片刻的安宁。

母亲则像一树花静静地开落,走近她的人先欣赏的是她的美丽,继而是人品,虽然母亲没受过教育,没有正式职业,在父亲的厂里做了大半辈子家属工。

可我,即使到了十几岁,也看不出父亲是怎样爱母亲的。

父亲似乎对身上的脏衣服情有独钟,只有在母亲一而再,再而三的催促下,才恋恋不舍地脱了,不耐烦地一甩:给你!

那时家里实在没有风景,只有红砖地略有秀色,我和母亲常常忙上一个下午,把地面刷洗得鲜鲜亮亮。父亲毫不怜惜,一进门就在干干净净的地上印满脚印,没等我急他先嚷:刷它干啥?倒好像错在我们,我们的半天辛苦真的妨碍了他的鞋落地。

父亲觉得自己是堂堂的男人,而男人注定比女人头发短见识长。他从不相信母亲的判断能力,也就从不接受母亲的建议,撞到南墙也不回头。似乎他的粗暴和母亲的贤惠一样,都是理所当然的。

只有在母亲偶尔出门的时候,才能看到父亲的些许落寞,各种声响虽然还在持续,音量却降了很多。与我们面对时唯一的话题是:你妈今天到哪儿了? 还有几天能回来?

这大概就是思念了,父亲对于母亲的实实在在的思念。我曾企盼这思念能产生奇迹,换来永远的和平。可母亲一到家,父亲的思念就成了昨夜的茶,随手一泼就没了。

我常常为母亲骄傲,但很长时间我不明白父亲怎么会是母亲的丈夫,我怎么会是父亲的孩子。

书上说:没有爱情的婚姻是不道德的。我当然就是这场不道德婚姻结出的六个果子之一,但是我没敢跟母亲说,怕她再伤心。

成年以后,我认真地问过母亲:你为什么不和我爸离婚?

母亲惊愕了半晌才说:傻丫头,吵归吵,哪家夫妻不吵架? 你爸从没打过我,也没骂过,真的。

维系婚姻的东西应该很多,在母亲那里居然可以如此简单。

我筹划多年的拯救计划顷刻间土崩瓦解,化为一片瓦砾。后来,我就在这瓦砾之上为爱而嫁了。

父亲的离世非常突然。车祸发生时,母亲就在现场,看见车轮下赤着脚的父亲,母亲糊涂了:他怎么没穿鞋呀? 我得给他穿上。她找到了一只,又找到了另一只,穿上了这只,也穿完了那只,父亲还没动,母亲猛醒过来:他怎么了? 他到底怎么了?

半年后,在寂静下来的空荡荡的家里,我第一次跟母亲讲儿时的梦:一个男人来找我,温文尔雅的,和我理想中的父亲一样;别人告诉我,我是被捡来的孩子,他才是我的亲生父亲,他也拍拍我的头说,孩子,跟我走吧,回咱们的家。

母亲问:你跟他走了吗?

我说:没有,我不想离开你。

母亲淡淡地笑了。

我终于说:不过我现在希望我还能有个父亲,他应该比我爸更会做丈夫。

母亲神色黯然:梦也罢,不梦也罢,这辈子你只能有一个父亲。我老了,脑筋也老了。

母亲不老,才六十岁,真正老了的是母亲的脑筋,不过这件事可以慢慢来。我又要外出读书,走前想陪母亲去父亲的墓地,母亲一直没有去过。

母亲摇头:现在这样挺好,有时间我就去街上人多的地方看人,总觉着说不上什么时候,你爸就会走过来喊,来顺他娘! 要是看见你爸的墓地,记着是啥样的,连这点希望也没有了。

远在他乡的此时,想到母亲我仍泪流满面。

也许母亲和父亲真的是一棵树和另一棵树,虽然他们大不相同,站在一起纯属偶然,但是他们并肩站立了四十二年。四十二年太久了,彼此的根已深深切入对方的生命里。

或者,他们像千百年来的男人和女人一样,母亲是水,父亲是土,他们被一双已经残破的大手搅拌成泥。现在,岁月的风吹过了四十二个春秋,父亲又风化成土,母亲却再也找不到自己了。

父亲·儿子

父亲称得上是位好父亲,从小爱打架,却在儿子出生的那一天金盆洗手。

待儿子会走路,摔倒时哭了,父亲啪地又补了一掌,儿子大哭,父亲重重地擂了自己一拳,说:"像我这样,别哭。"

儿子长到十岁,有一次打了架哭着回家,父亲说:"熊样! 再跟他打,不把他打老实,你就不是我儿子!"

儿子二十岁的时候很想去当兵,父亲骂:"傻!"骂完想了想,"还是学门技术吧。"父亲四处借贷买了辆汽车,儿子学了驾驶。车常坏常修,赔了钱。以车抵债时,儿子已是正儿八经的师傅了。

儿子三十岁那年路遇歹人,他若无其事地摇下车窗,回手就给人一扳子,然后撞开车门反守为攻,打得那两个人连连告饶。父亲听说了哈哈大笑:"好样的,像我。"

可是很自然地,父亲老了。

儿子是个不错的儿子,不出车的时候,常买了酒肉来与父亲对饮,知道父亲爱玩麻将,偶尔还给几张钞票。

六十岁时,父亲闲得无聊,就买了一群小鸡崽儿养着,小鸡崽儿吵吵闹闹的,父亲听着脸上也热闹了许多。

儿子一进屋却嚷嚷:"这屋里什么味? 还想不想让我来了?"

父亲毫不介意:"我正惦记你呢。"

"惦记我干吗？我都这么大了，照顾好你自己得了。"听着小鸡崽儿叫个不停，儿子又皱起眉头，"养这破玩意儿能赚几个钱？我这就把钱给你，赶紧把它们摔死得了。"

父亲说："你不喜欢，我这就把它们挪到外屋去。"

儿子不依不饶："你舍不得摔死，哪天我摔。"

儿子并没真的把鸡雏摔死，只是小鸡长大后一只没留，他一只一只地宰了，一只一只地做成父子俩的下酒菜。

父亲见邻居家养猪，想来想去也买了一头，小心翼翼地在后院养着。

儿子见了就生气："你想买猪，怎么也不先问问我？"

父亲解释："猪没动静，也没啥味。"

儿子怒气未消："养猪根本不挣钱，谁现在还养猪?!"

父亲小声争辩："没投啥本钱，我和跟前几个饭店说好了，他们把剩饭剩菜都给我留着，吃不了哩。"

儿子怒不可遏："我天天到那几个饭店去吃饭，你天天去捡剩饭，我怎么就不知道？你要是我爹，就别再给我丢人了！"

父亲像犯了规矩的小学生，红了脸低下头去。

第二天一大早，猪就卖了。

儿子拎着酒肉回来，先往后院看了看，并不在乎父亲的闷闷不乐："现在多好，多清静，就这么待着才像我爹。"

和高高大大的儿子站在一起，白发苍苍的父亲的确不比从前了，连个头也矮了一截，不知是因为父亲背有些弯了，还是因为儿子确实太高了。

强者总是习惯于把自己的意志粗暴地灌输给弱者，某种"共识"便是这样达成的，这不奇怪。可我难过，很难过，因为我知道他们非常爱对方，他们是我的父亲和哥哥。

一个人和一座城市

艾 苓

　　久居一座城市，尤其是走在人流或高楼大厦间，我们或许常常感到自己的渺小和微不足道，但正是这几十万、几百万微不足道的我们，构成了一座城市流动的风景，构成了她的灵魂。

　　我个人喜欢抓住一切机会四处转转。昆明举办"世界园艺博览会"那年，我一个人从大东北转到大西南。在昆明其中一项日程是去石林，正赶上旅游高峰，火车票早早售光，最后一辆旅游车也在我稍一犹豫时装满人开走，我只好赶到汽车站，改乘昆明至陆良的汽车。

　　离发车的时间还早，我担心当日无法返回，便向邻座打探。邻座是位和善的小伙子，他用普通话告诉我：没问题，我就是陆良人，从陆良去石林坐车十来分钟就到，下午从石林回昆明的车也多得是。

　　我后来知道，他是云南工大的学生，学的是模具设计专业，马上就要毕业了，这次回家是为了找工作。得知我正一个人旅行，他郑重其事地开始叮嘱。

　　他说：在外面吃饭，你要吃素菜。

　　他说：问路要问老人和警察，年轻人有时会故意戏弄人。

　　他说：去世博园要带着食品，里面的景点一天都转不完，吃的东西卖得很贵。

　　我是成年女人，这些旅游常识我不会不知道，但当这些叮嘱来自陌生地方的陌生人时，我不能不感动，我只能一次又一次郑重其事地点头。

　　行程很短，我该下车了，他真诚地伸出手：祝你旅途愉快。因为遇到他，那次石林之行确实非常愉快。

　　因为遇到他，几年以后想起陆良仍很亲切。虽然只是从陆良的边缘走过,但我认定那座小城一定民风淳朴。他就代表了陆良。

另一次我揣着打工赚到的钱去了趟山东,济南是行程中的最后一站。刚进大明湖,我的海鸥相机就开始闹情绪,后来干脆罢工了。我和同伴一路打听,终于找到一家国营大店,我记得门脸儿上写着什么彩扩中心第几门市部。

我问修相机的师傅:问题出在哪里?

答曰:还不知道。

能修吗?

能修。

同一架相机同样的故障,我曾在首都照相馆修过两次,一次没收钱,另一次收了十五元,这一次多能多到哪儿去? 我只管静候佳音。

师傅修完了,说交九十元。

我以为没听清:你说什么?

修、理、费、九、十、元。

他的济南话一字一顿。

我不想细述那场争执。后来找到二楼办公室,才知道这是家国有店,但修相机的柜台出租给个人了。最后的结果是,我花五十元拿走相机。

我们打起精神又去跑突泉,一张相也没照成,相机的老毛病又犯了。当天是星期日,无处投诉。

现在回想起来,那位师傅也算一条典型的山东大汉,甚至可以说相貌堂堂。他绝对想不到,他一个人的一件微不足道的小事,已经把我心中的泉城毁了,至少是大打折扣——虽然山东是我的老家,济南是我母亲儿时生活过、后来又屡屡描述过的城市。

老实说,这些年我们的衣服越穿越漂亮,我们的城市却没有越来越干净;我们的电脑越换越频繁,我们却没有越来越文明;我们对别人的指责越来越多,个人的恶习却没有越来越少;我们渴望外商旅游者"送"的钞票越来越多,打自己小算盘、算自己小账的人却没有越来越少。

不管愿意不愿意,承认不承认,我们每个人都和脚下的这片土地血肉相连,生死与共。对外人来说,每个个体都是一个地域的人文参照。对我们每个人而言,一个人就是一座城市。

送花姑娘的情人节

汝荣兴

这一天，她几乎跑断了腿。

这一天是情人节。

她是"黄丝带"花店的送花工。

说起来，这一天也是值得她高兴的一天，因为她的工资是按送花的量来计算的。也就是说，这一天，将毫无疑问是她进这家花店做送花工半年来收入最多的一天——实际上，在吃中饭的时候，她就已经一边吃着那最便宜的盒饭，一边很有些兴奋地对自己这一天的收入暗自做过了匡算：至少会有三十元！

哦，三十元呐！当然，在这天，三十元钱不过是这个花花绿绿的城市中的两朵玫瑰花罢了。但对她说来，对远在千里之外大山深处的她的家说来，三十元钱却等于母亲一个一个地从鸡屁股里抠出来的满满一篮子的鸡蛋，等于父亲一锄一锄地打黄土地中翻出来的可供一家人吃上整整一个月的红薯呢！

想到自己的父母和家，她便觉得那一趟连一趟的送花的路走起来很是踏实也很是轻松。她甚至还在嫌让她送花的人还不够多。她宁愿这样捧着一束不属于自己的鲜花一回接一回不停地走呀走，从城东走到城西，从楼底走到楼顶，从天明走到天黑，哪怕脚底磨出血疱，哪怕衣衫浸透汗水，哪怕累得筋疲力尽……

不过，从内心深处讲，这一天，她的感觉又并不全是高兴。她已经二十二岁。她当然也知道情人节是一个什么样的节日。所以，每一回手捧着芬芳馥郁、艳丽欲滴的鲜花上路时，每一回眼看着别人无比欣喜又无比幸福地接过她送去鲜花时，她的意识中便总会既朦胧又清晰、既无望又满是强烈愿望地跳出来这样的念头:要是这花是送给我的,那有多好啊!

但那事实上仅是她的一个念头罢了。这一天,虽然可以属于这世上的任何一个人,可事实上,这世上又有多少人并不能拥有这一天啊!

于是,她就只能一趟又一趟地给别人送去欣喜和幸福,只能一回又一回既高兴又并不怎么高兴地做着那将给她带来至少会有三十元钱收入的事情。

于是,就在她的脚步中,就在她的汗水里,情人节的太阳已在城市的天空慢慢消失,各色各样的霓虹灯已如怒放的鲜花一般开满大街小巷……

这应该是你今天要送的最后一束花了,你今天也很辛苦,送完你就好好休息吧。此刻,半年来一直都对她很是不错的花店老板娘又将一束鲜艳的玫瑰花递到了她的手中。于是,在习惯性地看了一眼那束花上写着的地址后,她便跟老板娘说了声再见,同时忍不住暗自叹息一声,然后就融进了那霓虹闪烁的城市的夜色之中。

光明街 10 号 8 幢 102 室。现在,她正走在那通往这最后一个目的地的路上。忽然,她的心不由得一怔:这条路怎么这样熟呀?而在到了这"光明街 10 号 8 幢 102 室"的门口后,她竟没有伸手去敲门,而是下意识地从口袋中摸出了一串钥匙来——原来这是她的住处呀!

她当然要怀疑自己先前一定是看错了送花的地址。她就借着门口的路灯光又重新看了一遍那个地址——

光明街 10 号 8 幢 102 室。李小姐收。

没错,是这个地址,确确实实是这个地址,而自己,不就姓李么?

接着,惊诧万分的她,又从插在那束花中央的那张卡片上,读到了令她热泪盈眶的这样一行字——

祝心想事成!

那是她所熟悉的花店老板娘的笔迹。

被淹死的鱼

朱耀华

　　多年以来,只要说到田七,漯城的人都会津津乐道。所有的人都记得,在那些本来寡淡无味的日子里,是田七,一次又一次给漯城带来了激情和浪漫,一次又一次给漯城带来了节日般的狂欢。

　　田七对水性的谙熟可以说是与生俱来的,在水里,他可以随心所欲。的确,用老一辈的话说,田七是一条鱼,或者,他曾经是一条鱼。

　　漯城有一条河,很宽,很深。河上有一座年代久远的拱桥,很高,很瘦,横跨在漯河两岸。夏天来了,人们开始下河游泳了,那时候,田七便成了一道独特的风景。田七站在高高的桥栏上,慢慢地把双臂扬起来,凝然不动。

　　在无垠的天幕下,田七像一只鹰。

　　漯河两岸站满了人,人们引颈张望,屏住呼吸。然后,人群中不约而同地发出一声赞叹:"哦——"

　　就在那个时候,田七踮起脚尖,轻轻一纵,在空中划出一道优美的弧线,然后,笔直地插入水中,溅起一朵小小的水花。顿时,欢呼声响彻漯河两岸。

　　没人有田七那样的身手,也没人有田七那样的胆量。有一次,一个家伙为二十块钱打赌,学着田七的样子从桥上跳下去,结果,横着拍在水面上,当时就昏过去了。田七救起了他。就冲他这点儿勇气,田七便收他为徒,帮自己拎衣服。

　　相比之下,田七闷水的功夫更是让人惊叹——闷水是我们那里的土话,实际上就是潜水。不过,我还是喜欢"闷水"这个更有质感的叫法。有一次,田七钻到水下,很久没有起来。人们的眼睛在水面上搜寻着,差不多过了两三分钟,除了几只水鸭子,水面上波平浪静。岸边骚动起来,田七的徒弟开始大声呼喊,他们本能地感到田七遇到了意外。就在那时,田七从水里一跃而出，一丝不挂地仰卧在水面上。女人们猝不及防，赶快扭过头去。

被鱼咬了才好哩。女人说，吃吃地笑。

男人们则哄笑着，发出快乐的欢呼。

田七不厌其烦地上演着这样的恶作剧，人们也兴致盎然。

有一次，田七有了一个意外的收获，他在水里捡到了一只手表，名牌的。手表品质精良，不知道在水泡了多久，却分秒不差。田七找到买主，那块手表卖了个好价钱。

接下来，田七又有了新的收获，他在水里不断发现一些不知什么朝代的人遗留下来的物品，有项链，有手镯，有玉器。有一次，他找到一个据说是明代的银质花瓶，又被人高价买走。

漯河是一条行走在千年古道上的河流，谁也说不清那里面有多少奇珍异宝。在田七眼里，漯河仿佛成了一个取之不尽的聚宝盆。田七迷上了闷水，他闷水的时间越来越长，仿佛他的肺是一个巨大的氧舱。他真的像一尾鱼，在水里自由地游来荡去。也有很多人眼红了，他们像田七那样，开始在河里寻宝。然而，技逊一筹，他们没有田七那样的好运气。

发了财的田七对钱产生了从未有过的热爱，他的心也变得硬了起来。有一次，一个六岁的女孩不小心落了水，那时，田七就在桥上，他对人们的惊呼充耳不闻。直到家长许出两千块钱的重诺，田七才扎进水里，把女孩救了上来。

在众目睽睽下，田七坦然地将两千块酬金揣进了腰包。

那年夏天，漯城传出消息，城里组织了打捞队，他们购置了最现代的设备，准备对漯河进行打捞。这个消息让田七感到愤怒和无奈，同时，他更频繁地出入于漯河，以便在那之前能有更多的收获。果然，就在打捞队即将开始工作的前些日子，田七又有了一个新的发现，在河湾那个地方有一艘沉船。沉船不大，却算得上豪华。经过几次勘探，田七在船舱里发现了一口包装严实的雕花木箱，单凭箱盖上那把威风凛凛的大锁，田七就断定这个木箱非同一般。

按照常理，对田七来说，要捞起那口木箱并不是难事，何况他经过了精心的准备。但是，那次，田七遇到了意外，他下水之后就再没有浮上来。岸上，他的徒弟抽了一支烟，又抽了一支烟，才感觉出了一点问题，因为田七毕竟不是一尾鱼，他不可能在水里待这么久。

直到两天后，请来了蛙人，田七才被打捞起来了。蛙人发现，田七把木箱系在了自己身上，企图从船舱的窗口穿出来，因为船舱的门已经无法打开。但是，很巧，木箱被窗口上方一个不起眼的钉子牢牢地挂住了。

按说，田七完全可以逃生，只要他简单地选择放弃。可是，他没有。

水性极佳的田七最终死在了水里，这确实让人感到意外。人们对那口沉在船里的木箱产生了巨大的好奇。田七是多么精的人啊，而它竟然能让田七舍身赴死。

木箱终于被捞起来了。令人意外的是，除了水，木箱里什么都没有。

千万别打碎别人的碗

❧ 杨轻抒

　　火车单调的轰隆声催人入眠。这是半夜十二点多,在秦岭的深山之中,所有的人都昏昏欲睡——我,我身边的两个大学生模样的女孩,对面一对光脚套在一双破皮鞋里没有穿袜子的民工夫妻。只有儿子一个人在车厢里挤来挤去。他有属于他的快乐。

　　半梦半醒之间,我又开始梦见父亲。我总是这样,经常梦见父亲。梦中的父亲站在家门口,黑着脸,老树皮一样的手掌举得高高的。我可以想象得出,当那手掌落到我身上的时候我会有怎样一种彻骨的疼痛。

　　那种疼痛从五岁那一年的秋天传来,穿过无数黑白交错的光阴,一直跟随到三十年后的今天。刺骨的痛像一条绳子,把我死死地勒住,让我无法喘息。

　　仅仅因为一只碗。是邻居陈三叔家的碗。

　　陈三叔家只有一只碗。陈三叔家吃饭的时候,只有陈三叔一个人有权利使用那只碗。陈三娘只有在陈三叔吃完饭之后,才能接过那只碗,接着使用,而陈三叔的三个儿子只能围在锅边,用他们找得到的任何一件工具把那点可怜的食物弄到嘴里——比如一段剖成两半的竹子,比如一根有着杈的树枝。

　　我家情况要好点,毕竟我父亲是村长。不是说村长一定比其他人日子过得好,而是因为我家只有我一个孩子,而父亲有时候遇上村里有集体性的付点小报酬的劳动时,可以利用那点小小的权利,优先安排我妈去,我妈可以借此挣上几块钱。

　　父亲不安排陈三叔去当然是有理由的,因为陈三叔曾经被判过两年的刑,像这种人,不安排他谁也没话可说。

　　我和陈三叔的大儿子陈四常在一起玩。其实也没什么好玩的，就是把家里的碗拿出来做生火做饭的游戏，那时候我们对吃饭都有一种刻骨铭心的渴望。

　　然后，我把陈三叔家的那只碗打碎了。

　　我是有意的，因为陈四老是不愿意把他家的碗贡献出来，他只玩我家的。我觉得不公平，我们吵架，然后我抢过他怀里抱得死死的那只已经有很多缺口的老土陶碗，狠狠地砸在地上。

　　我听见土陶碗在地上发出的沉闷的声音，像一颗心突然开裂。

　　当然，现在我听到的不是土陶碗的声音，而是陶瓷碗的声音，很清亮，而且是很多的叠在一起的碗突然倒下碎了的声音。

　　我睁开眼睛，看见了儿子好奇而快乐的眼睛。

　　没错，是碗碎了，不过不是陈三叔家的碗，而是我对面民工夫妻的碗。那些碗是装在两只涂料桶里的，除了碗，里边还有暖水瓶，还有抹布——明眼人一看就知道那是那对民工夫妻的家——人走到哪儿，碗就挑到哪儿，家就搬到哪儿。

　　我还看见了那对民工夫妻惊愕而无助的眼神。

　　涂料桶倒在地上，看样子还曾经翻滚过几圈。那些洗得并不算太干净、有许多小缺口的碗现在已经变成了一块一块的小碎片，四分五裂地散落在车厢过道里。

　　然后，我看见那个看样子不到三十岁的民工女人突然哭了起来。我想起了，那哭声与当年陈三娘的哭声没什么区别，连颤音都几乎一模一样。

　　真好玩！儿子还乐。他觉得那些碗碎了的声音，还有那些碗天女散花似的变成一大堆碎片的过程，很好玩！

　　我突然想起了父亲的巴掌，那老树皮一样的巴掌，让人刻骨铭心的巴掌。

　　我的巴掌没有父亲的粗壮，没有那么多的老茧——这些年的城市生活让我已经变成了一个彻头彻尾的城市人——但是，那毕竟也是男人的巴掌，而儿子也不是当年的我，皮厚，经得住巴掌的招呼。

　　儿子哭了，跟我当年的哭声一样凄惨，整个车厢里都回荡着儿子柔弱而凄厉的声音。

　　许多人都看着我，觉得我不可理喻，尤其是身边的两个女孩。我听见她们在商量是不是需要报警，因为她们觉得我下手打孩子的时候，一点都不像是孩子的亲生父亲。

我不知道该怎样对她们两人说。

我不知道我该怎样告诉她们，当我举起巴掌的时候，我突然明白了父亲当年为什么对我下狠手，因为我打碎的不仅仅是陈三娘家的一只碗，而且是陈三娘一家的全部生活。

我的儿子肯定也不会明白，为了他所谓的快乐，有意将人家的桶踢倒，对对面的民工夫妻意味着什么。可是作为父亲，虽然我完全有能力赔偿两桶并不值钱的碗，但是我有责任让他明白，我们没有权利为了自己的快乐而打碎了别人的生活啊！

这时候，电话响了，是我所在的工地上的一个临时工打过来的。他说他还是睡不着，他求我别把前天他在工地上丢失一只钳子的事告诉老板，他说要是老板知道了，肯定得开除他。

我告诉他我不会说的。不是因为他求我，真的。我又想起了父亲，后来我才知道，父亲从来不安排陈三叔去干那种只需出一点小力气就能轻松挣几块钱的集体活，是他的上级，就是我们镇的镇长不允许。镇长痛恨做错过事的人，尤其是被判过刑的人，虽然我父亲曾经在镇长面前为陈三叔力争过。

我没有告诉好位临时工我父亲的故事。我没有告诉他，我根本没有权利因为自己的某种快乐，而打碎别人的生活，不管别人有着怎样的过失，或者过着怎样卑微的生活。

儿子还在抽泣。也许等他长到我这个年纪的时候，他会明白这个道理，就像我现在才明白父亲一样。现在，儿子当然还没长大，但是他终归是会长大的。

枪

杨轻抒

　　钱伯一直在想，扣扳机的那一瞬，自己到底感到了什么。

　　钱伯肯定一辈子都忘不了那个如血的黄昏，天空浓墨重彩地把死寂的战场笼罩得像一只闷闷的蒸笼。钱伯的手在出汗，心跳加速，胸口像压着一块巨石，钱伯快喘不过气来了。

　　钱伯只是路过——钱伯的任务不是要消灭掉那个正伏在女人身上的敌人。是的，军纪高于一切，那个敌人就算——不，肯定，钱伯见得多了——把那个被剥得赤身裸体的女人玷污后再把她残酷地开了膛，钱伯也只能装作没看见，因为钱伯的任务不是消灭他，钱伯要绕过去，去消灭更多的敌人。

　　但钱伯动不了。

　　钱伯的枪口像有鬼神相助似的瞄准了那个敌人。钱伯仿佛能够看见那粒子弹缓缓地游出枪膛，划破空气，然后准确无误地击中那敌人，使他跳起来，又重重地摔下去。

　　但钱伯看见的不是那个敌人，是另一个——二十年前的那个穿黄狗皮的留仁丹胡子的鬼子，伏在母亲身上的鬼子，把母亲那洁白的胴体蹂躏得支离破碎的鬼子。在一声轻盈美丽的枪声里，鬼子跳起来，划过一道沉闷的弧线，头上开出一朵血红的罂粟。

　　母亲在所有人都还未反应过来的那一刻，抽出了鬼子腰间的指挥刀，把刀和自己的身子融为了一体。

　　那个穿灰土布军装的人叹了口气，拾起鬼子的手枪，塞到钱伯手中，说，去吧，报仇去！钱伯就从东北一直打到了南京。

　　然后又打到了鸭绿江的对岸。

　　钱伯说不清自己是不是后悔，有时钱伯想，自己永远带不了兵，就因为自己永远记不住消灭更多的敌人比消灭一个敌人更重要的道理。钱伯就是在终于忍不住扣动了扳机之后被送回了国内。

但是,钱伯有时想,也许一个人一生就只能消灭一个敌人,而且错过了机会,就连那一个敌人都消灭不掉。就像一个人总想吃下很多东西,但如果放弃了嘴边的哪怕是很少的一点食物,可能以后就什么都吃不到了。

钱伯把自己想象成一只可怜的饥饿的狼。

很好笑的一种比方吧?钱伯问自己,然后就笑了。

钱伯的笑声像黑夜里的一只猫头鹰发出的号叫,让人瘆得慌。满街的大字报在冬夜里像一只只张着血淋淋的大嘴的怪物。那些人发疯似的在大街上游荡,钱伯不知道他们在干什么,要干什么,只看见他们的手举起又放下,他们的脸涨得血红,他们像一只只快要爆炸的红气球。

钱伯的食指放在了扳机上。

这是一种熟悉的、让人激动得想战栗的感觉,冰冷的扳机和食指粘在一起,钱伯的心像被火燎了一下,几乎要跳出来。好久没用过枪了,但钱伯一握住枪,就像遇上了几辈子前就熟悉的朋友。

钱伯感觉自己有很多话要说。

钱伯感觉枪有很多话要说。

报仇去吧。那个穿灰土布军装的人说。

不!我是你儿子!那个年轻人的声音因为惊恐而变形了。钱伯叹了口气,是的,那个年轻人身上的每一个毛孔自己都太熟悉了,他就是自己的缩影,就是自己。可是……

那个女孩子的眼睛好冷、好毒,冷冷地看着钱伯。那个女孩子还没彻底发育成熟的身子在风中瑟缩,那光洁的身子同样让人熟悉和发冷。

母亲的身子。

朝鲜女人的身子。

邻家右派女孩的身子。

身子身子身子……

钱伯头晕目眩,天地转动起来,转成一个洁白无瑕的身子,身子转成一朵雪花,雪花转成一片让钱伯激动向往的天空。钱伯是天空中的一条鱼。

那个冬夜,雪在一声枪响之后落了下来,大地一片银白。

薄荷的邀请

田双伶

　　时令过了谷雨,她家门前的小园子,仍是空空的,黄黄的一片,好像一位心情不好的妇人,板着一张蜡黄的素脸。

　　她的心情就很不好。怎么可能好呢? 从那场婚姻中流落出来,她就病了,整日昏沉沉的,头疼,恶心,烦躁,失眠,黑苦的中药汤汁喝了一碗碗,也没减轻多少。

　　而邻家和她一样大的园子,此时已热闹闹喧腾腾一片了。春韭已割了好几茬儿,垄间的油菜日渐拥挤稠密,薄荷的嫩芽从惊蛰到现在都没停止过往外拱,一芽芽一丛丛地四处蔓延。她每次都心悸地看上一眼,等它越过边界的时候,就毫不犹豫地将它拔掉。

　　她端着一杯红茶站在园子里,晒着上午十点钟的太阳,看胖胖的邻家女人蹲在地里剪韭菜,看她腰间露出一道让人心惊的赘肉。她想,可惜了这么好的园子。怎么能种这些俗气的蔬菜呢? 应该栽上一株蔷薇或是一株紫藤,让它顺着窗栏往上攀,藤蔓花枝垂下一簇簇小花,坐在花香里读书喝茶,多好。可是,从初冬搬到这里,她还不知道该怎么去栽种花木,园里自然是空空的,春风不度。

　　邻家女人吃力地站起身,看见她,隔着低矮的栅栏递过一把韭菜,说,前天下了场雨,就长这么快了,你也尝尝鲜。

　　她的笑容掩起了不屑,说,谢了,我不习惯那味道。

　　邻家女人笑呵呵地说,我家那口子呀,特爱吃韭菜馅饺子,每次包饺子他都能吃好多。

　　她听了,无力地垂了眼皮摇摇头说,我头疼。转身要回屋。

　　女人看她摇头闭眼痛苦的样子,说,你等等。说完弯腰掐了几片薄荷叶,在指间揉碎,朝她伸过手说,来。

她怯怯地将头低垂着伸过去,听话地让女人把那一团青绿涂在太阳穴上。瞬间,一丝清凉从太阳穴沁入鬓角,将她从混沌中缓缓唤醒。

真是奇了,她向邻家女人道谢。女人乐呵呵地指着地上的薄荷说,管用你就随便掐,掐了还会发的。

天依然晴好。隔着栅栏,她细细看邻家的园子,西墙角扯的晾衣绳上,五彩斑斓地挂满了衣物,孩子的小衣褂,男人皱巴巴的衣裤,女人的花上衣,退了色的床单被罩,一看就是含棉不高爱起球的化纤织物。邻家女人身上穿件松松垮垮的睡衣,端着红色塑料盆给菜浇水。屋里传出孩子的哭闹声,女人一边吆喝男人去哄孩子,一边叨叨着菜叶上怎么长了虫子。

她与邻家,只隔着一道木栅栏,却仿佛隔了世间的一层烟火。这样的俗日子,在她眼前,生动着美好着。

邻家女人指着地上那丛青绿的薄荷,唤她,过来摘呀。

她一次次走进了邻家的园子。三片两片薄荷叶,就那么在指间一掐一揉一抹,一丝清凉,竟然让她的头疼一天天好起来了。

每到中午时分,隔壁的厨房里便传出有节奏的丁当声,继而是爆油锅的刺啦声。葱花的香气飘过来,她贪婪地嗅着那香气,觉得自己像个窥视的小鬼,在吸纳人间的烟火。

屋里只她一人,静得很。她越来越怕这种静了。静,如一个无声无形的鬼,悄然藏在身旁,一丝丝吸纳她的元气。她将冰冷的咖啡壶、面包机、料理机,都收到柜子里,又去超市买了花围裙,在菜场买了韭菜、鲜肉和面粉,备全了调料,她想包回饺子,做个勤快妇人。往日冷清的厨房热闹起来。她笨拙地调馅,和面,擀皮,不一会儿,鼻尖上手臂上全是面粉,照镜子一看,自己都笑得不行。饺子煮熟了,她嘘着升腾的热气盛出一个尝,一下子烫了舌头嘴唇,泪都出来了。抹泪的这一瞬间她怆然失神:从前的婚姻,独独缺了这烟火气呀。自己做给那人吃的,什么鲜花沙拉、海鲜料理,即使那人爱吃的饺子包子汤圆速食面,煮的都是速冻食品。难怪那人苦笑着说,吃得胃寒,都成了速冻人了。婚姻就是这样冷下来的。原来想把恋爱时的浪漫情调带到婚姻里,如同把黄山的云雾装入坛子里一样不现实。

她将饺子煮好,凉凉,小心地盛进保温盒,拎着出门,坐上公交车转过大半个城市。她要去送给那个人吃。

当她把饭盒端给那人,那人掀开盖子时,她看到了一双黑眸闪出的惊喜,顷刻化为湿润。

她的日子开始活色生香。每天清晨,她步履轻盈地拎着篮子去菜场。回来后篮子里装满了新鲜的菜蔬、鱼和豆腐,米粮菜蔬在她的手中如花落花开。饭食做好装好,而后,拎着保温盒,坐上公交车绕过一条条街道,送到那人面前。洗手做羹汤,原来也是如此的幸福。她明白了以往朋友说她的那句话:再精美的瓷器,能有粗瓷大碗端在手里实在么?

立夏过了五六天,那人和她一起回到家里。她牵着那人的手去看邻家的园子,欢欣地指给他看,却惊奇地发现:邻家的薄荷,竟然不管不顾地,已经在她家的园子里恣意丛生,串了一大片。以前她曾经想,等它越过边界的时候,就毫不犹豫地将它拔除。可是,这绿叶舒展的薄荷,谁能拒绝得了它呢?

她说,我们采些做薄荷茶,邀请我们的邻居来品尝吧。

那人说,好啊。

初夏的空气中,清凉的薄荷香气从她的园子里弥漫开来。

石头记

田双伶

他还记得那时她俏皮的样子,用手指拈着一粒玻璃珠儿,举到他眼前,幽幽地说,看,这是什么?

猫眼。他配合着一字一顿说,而后笑了。可她小户人家的女儿,再怎么喜爱玉石雅玩,也没有杜十娘那样的百宝箱可以怒沉。何况他也不是那不识珠的李甲。生于世代经营玉石的殷实之家,他才是抱百宝箱的人。

那一幕最终成了定格。他们的故事如一折老套的戏,两个门户不当对的人相爱,在男方父母的威逼下,戛然而止。那天秋夜,她欣欣然赴约而来,他借一杯清茶的距离,把她远远地隔开。茶由温到凉,他拿出一件玉佛手,拉过她的手放在掌心,喏喏着说,你看,天然的山流水料,留个念想吧。

玉佛手在灯下泛着莹润的光泽,她紧紧咬住嘴唇,握住了它。他看到一张苍白的脸和清亮决绝的眸子,泪都没有一滴。

那一瞬间,他心里疼了一下。

后来遇到的女孩子,再没有她那样温善、纯美和灵秀,却一个个比她灵透,耍着娇嗔要东要西,双眸里掩饰不住对他家世的倾慕。而他想寻的,是净纯如玉的女子。他从小和父亲赏玉相玉,心思清明,在他眼里,她们不过都是石头的质地。父母不允,是他婉拒一段又一段恋情的盾牌。再说,临末送玉,补偿也罢,赠礼也好,文雅还不失礼。

也听说过她的点滴,在古城的采玉斋谋了清闲薄酬的事情做,与人辨玉学琴,临帖作画。他很欣慰,一个心性纯净的女子,应该与那风雅器物为伴。后来,又听说嫁了一个爱慕她的男子。渐渐地,音讯杳杳。

他索性凉了心,听从父母之命,与父亲一位老友的女儿成了婚,过着俗日子。他生性是个散淡的人,偶尔兴起去山里采玉,平素就与三五好友喝茶对弈,焚香听琴,浓酒酽茶地过着古雅的日子。时而他会恍惚看到前世的自己——一个穿绸衫托鸟笼浪荡于街头的纨绔子弟。

那天,朋友急急地来找他,说是在青云香馆看中了一块玉,请他去相。他迟疑着,朋友说,天凉了,香馆里有样式考究的泥炉,可以去那里起炭煮茶。

他早就听闻青云香馆,古城的风雅闲人常去那里雅集。待走进去才惭愧自己的孤陋,香馆原是一处旧宅,被店主整修得雅致非常,几上摆放的香品玉器,案上的插花瓷瓶和茶具,壁上的禅意画,处处皆见主人的品位。临窗的茶案前,一位素净娴雅的女子在凝神燃香。朋友耳语,她,就是香馆主人。当她抬起脸时,他心里一下子如崩溃的雪山。两人都怔怔。

刹那间,恍如隔世。

她方才的讶然化成淡然一笑。朋友说,世事都讲究个缘,那天无意看中了竹垫上的玉佛手,也是有缘,今天请了位识玉的朋友来估个价儿请回家。

她说,这玉佛手也只是添个雅意而已,不是卖品。当年有人送我就是留个念想,按说是情意之物。你若觉得和它有缘,那就让它随缘吧。说完,手心里托着那玉佛手,送到他眼前,您是识玉的人,给它估个价吧?

他一时恍惚无语,眼前浮现出她当年的俏皮模样,举起玻璃珠在他眼前晃,幽幽地说,看,这是什么?

他接过来,摩挲着佛手上的斑纹,感觉似曾相识。朋友切切地望着他。

他手足无措,口舌生涩,清了清嗓子说,若是个情意之物,还是留着吧。

茶就喝得有些无味了。

末了,他说,雅物成了买卖就俗了。不如这样吧,若主人应允,玉佛手让他带走赏玩几天,平日还放在香馆里,闲了可以来赏。

她释然,看得出并无诚意出手。朋友憾然,而他,怅然。

次日,将近中午他才起床,撩把清水濯了一下脸,神色黯然地愣了一会儿,去找朋友下棋。棋才走了几步,他啜口茶压低了声说,那玉佛手买不得,不过是一般的玉料琢成的,况且还有瑕斑。

朋友刚被吃了个卒,脸上不悦,哼了一声说,你常说"君子无人不佩玉,显贵无人不藏玉",我好不容易看中一件有缘的宝贝,你却挡着拦着……

他闷不做声,拈起车炮不管不顾地横冲直撞,敲得棋盘啪啪响。他实在无法说出,那是多年前他从一堆废料里随手拿出的凡常石头,只不过形似佛手,并非玉质。

向晚时分,他与朋友多喝了几杯花雕,趁着微醺绕过一条条狭仄街巷,寻到了香馆,借着醉意说起过往的事:当年我眼拙,那块山流水……

她莞尔一笑,说,记得你曾告诉过我一句行话,玉不骗人,只有人才骗人。不过我相信你的情意是真的。其实那佛手,不是山流水,是上好的翡翠,当年你没看出来罢了。佛手上是有一片黑癣,可翡翠上的黑为绿引,如今绿随黑走,绿靠黑长,翠意已出,这几年我一直随身带着,算是养玉,确实成了温润的好玉。

他无力地垂下头,说,我不是一个识玉的人,只认得石头。

她说,玉石本来就不分那么清的,就看人怎么去赏了。

月色皎洁,风里散着一缕缕桂花的冷香。她在一旁煮茶,眼神宁静,月光一样落在面前氤氲着茶香的杯盏上。送她玉佛手的那晚,也是这样的秋夜。如果不是年少懵懂,此时她该是他温善可亲的妻子吧?

月下的他,苍凉地坐着。

半月之后,朋友觉得无趣,去约他喝茶。他家人说,他又去山里采玉石了。秋后正是采玉的好时节。

一天黄昏,他背了一包石头脚步沉重地回来了。

灯下,他拿着放大镜仔细看着一块块石头。睡意渐生时,忽感手里的一块外石细腻,他坐直了身,从细小的壁孔看,应该是一块"山流水"。

他摩挲着小小的石头,愣愣地望着墙上一幅卷轴出神。土黄色的洒金宣上,两行龙飞凤舞的草书,笔间一丝丝飞白:淡极始知花更艳,愁多焉得玉无痕。他默念了,脸色黯了许多,把那块"山流水"扔到石头堆儿里,躺在藤椅上恹恹地合目睡了。

剪刀替针做媒人

田双伶

我和青青是同一天进入电视台文艺部报到的,面对一双双陌生挑剔的目光,我们拘谨而生涩,惺惺相惜。几天相处,我们发现很多地方惊人地相似,她和我一样,瘦弱,爱喝绿茶,肠胃都不太好,爱吃面食,不能吃寒凉的东西,皮肤爱过敏,用同一种婴儿品牌的护肤品。如果不是我的生日比她早两个月,我们几乎认定对方是前世今生的双生姐妹。

青青娇嗔地说,你是姐姐,以后要让着我呀。

我笑,当然啊。

一次平常的采访,我认识了林。林是我的老乡,儒雅稳重,在大学里教书。后来老乡聚会,几次见到了林。他所在的大学离电视台很近,闲时会约我出来吃饭喝茶。为了避免两个人在一起时内心的慌乱与尴尬,我带了青青一起去。

一个雨天夜晚,我和青青加班做剪辑,对稿,剪片,忙完了,听着外面的雨声,忽而疲累,伤感。

小茶,你有没有听说过剪刀替针做媒人的故事?青青问。

我摇摇头。

她说,小时候遇着雨天,我最喜欢看奶奶做针线活,一只细藤笸箩里放着针头线脑,奶奶眯起眼睛纫针,手一抖,针掉了,找来找去没找着,她就取过剪刀,在桌子上轻轻敲三下,口里念念有词:针,针,剪刀替你做媒人。而后拿剪刀在桌上轻轻晃摆,忽然,剪刀尖上粘起来刚才掉落的针。我很奇怪,就问奶奶,针怎么自己出来了?奶奶笑眯眯地说,针一听到剪刀替它做媒,就赶忙跑出来答应呀。

初秋寒凉的夜晚,一段童年趣事,让人心中生起些许的暖意。我们相视而笑。

你和林经常见面吗？以后老乡聚会，也带我去好吗？青青忽然扭捏着祈求我。从她羞涩的目光里，我恍然明白：她喜欢林。

我点点头。

我约了林，并"命令"他请我们吃饭。林爽快地答应了。见到林，青青紧握住我的手，手心沁出了汗。许是为了掩饰内心的慌乱，青青去了洗手间。

林似乎感觉出来什么了，眼神里有些许不安，欲言又止，最后嗫嚅着说，小茶，你和青青这么形影不离呀？

我把目光移开，说，是啊，我把她当亲妹妹的。

青青很快回来，我找话题让他们聊，借故走开。

林找我们的次数多了，可每次无论我如何推托，两人非要和我一起，吃饭，逛街。在林面前，我们像他宠爱的两个小妹。天晚回家时，我执意不让他送我，微笑着和他们告别，独自回到简陋的公寓，读书，看碟，听音乐，继续我孤寂的时光，把心事深深藏起。

文艺部新开了旅游栏目，要去三亚拍外景，我和青青作为外景主持一起去了。青青一遍遍打电话发短信给林：林，我和小茶在天涯海角呢；林，我们今天来热带植物园了，这里有非洲茉莉，旅人蕉，还有菠萝蜜呢；林，我们住的房间外，漫山坡的三角梅，好美呀。青青沉浸在爱的美梦里，幸福而甜蜜。

春天里，青青要做五月新娘了。她和林的婚礼，我是无法推托的伴娘。那天，我穿上了粉红旗袍，和她一起去化妆，当然，我化的是伴娘妆。婚礼上，玫瑰花瓣雨纷纷扬扬飘过，林望着青青身边的我，目光飘忽迷离。而我望着林牵着青青的手，心慢慢慢慢地放了下来。

婚后的青青，成了幸福的小女人。刚好部里新开的栏目缺人，她做了主持。荧屏上的她，从容优雅。可是，却听她偶然说起，这里不过是一个小小的池塘。

周末，我去青青家里吃饭。林做饭给我们吃，竟然烧了一盆汁浓色正的红烧肉。林说，听青青说你爱吃红烧肉，就学着做了。

青青娇嗔地附在我耳旁说，他前天就买了五花肉，用冷水叮着，半夜还起来一遍遍地换水，说是把肉里的油污全浸出来，还怕你吃了上火，炖肉时放的是冰糖呢。

我低头看着碗里的米饭，一粒粒往口里送。

这时，灶台上，锅里的汤潽了出来，我紧跑过去掀锅盖，腾升的蒸汽瞬间将我的手腕熏得一片酡红。

青青慌得去找烫伤膏，林握起我的手，急急地吹，眼里惜怜万分。我忍住没让泪落下来，躲开那目光，收回胳膊，笑笑说，没事儿的，只当做了一次香薰。

青青咬牙说：小茶，你什么时候不这么倔强，让我们心疼一回好不好？

我说，我是姐姐呀，不能像你那么娇气。

转眼到了秋天，哥哥帮我联系了家乡的电视台，让我回去看看。回来后，却听说青青已辞职离去。

青青给我打来了电话，说，小茶，我不在他身边，你多帮帮他。如果他心情不好，你多劝劝他，让他少抽烟。他听你的。

林来找我，一脸的憔悴。他定定地看着我手里的茶杯，说，她去上海了，我坐了十几个小时的火车去找她，只在一起吃了顿饭，她就让我回来了，我们在一起只待了一个小时。

茶叶在水中缓缓舒展，静静地，沉在杯底。林给我的茶杯里续水，手颤抖着，水漫出了杯沿。林的手无措地在水磨石桌面上划着，目光中的愁苦在我的沉默中一点点黯淡下去。

深秋的一天，我给台里递交一份辞呈，悄然离开。

我回到家乡的电视台，做了幕后编辑。这个小城，是让我能够安心度日的小池塘，我越来越多地见到了旧时好友，只是，再也见不到青青。后来听说她在南方一家电视台做了文艺节目主持。我拿着遥控器一个频道一个频道地换，等到子夜，却寻她不见。

打开已经停用的手机，我看到一条条未读的短信：小茶，你在哪里？

林，青青，我，彼此分离，却在千百度地寻找彼此。我们谁也无法说清，为什么要逃离，为什么还要苦苦找寻。

我看着桌上桑木镜框里，青青和我的合影。我们在一株海棠树下，脸贴着脸，笑靥如花。望着那张熟悉的面容，我从笔筒里取出剪刀，在桌面上轻轻敲了三下，缓缓摆动，口里念着：针，针，剪刀替你做媒人。

康乡长的忙

侯发山

南湾村地处偏僻，山里没什么矿藏资源，村里也没一家企业，是石庙乡有名的穷村，别的地方早几年都奔上了小康，这个村的温饱却还解决不了。几十年来，山还是那座山，河还是那条河，一如过去的山清水秀，没什么变化……新上任的康乡长到任后，听说了南湾村的情况，就抽个双休日下乡了。

南湾村村主任老贵喜出望外，以为又是康乡长来给他们送扶贫款救济物资的。谁知康乡长一分钱也没给他捎，一壶油也没给他带，而是让他领着去山上、河边瞎逛。老贵不知道康乡长的壶里卖的什么药，遂心一横，只管吊着脸说村里的小学校舍破破烂烂该补了，说村里的道路坑坑洼洼该修了，说他老贵在村委多年的工资没得过一分……

康乡长也不搭话，任由老贵哭穷。这时，他看到小河边几只嬉水的鸭子，就两眼放光，说老贵，村里养鸭的不少吧？

老贵点点头，说康乡长，村里人都拿鸭屁股当摇钱树哩，鸭蛋也不舍得吃，都攒起来拿到镇上换油盐酱醋了。

康乡长点了点头，没说话。

中午在老贵家吃饭时，老贵又厚着脸皮提出让乡里帮助南湾村脱贫。康乡长说老贵，乡里也有乡里的困难……这么着吧，你先帮我个忙，只要这个忙你肯帮我，我一定让南湾村摆脱贫困，走上致富路。康乡长的话音刚落，老贵就激动得差点把手里的饭碗摞地上，说乡长让我帮啥忙？

康乡长微微一笑，说老贵放心，这个忙你一定能帮上，我想要一些鸭蛋。

老贵松了一口气，说这个没问题，我现在就让老伴去村里弄。

康乡长摆摆手，说不急不急，我要的多。你们村多少户人家？

老贵迟疑了一下，说不多不少二十户。

康乡长说每户三百个,总共六千个。

老贵吃了一惊,心说这么多?但他也只是愣怔了一下,权衡利弊后,便拍着胸脯保证,说好,没问题,康乡长你可说话算数?

康乡长就肃着脸,说君子一言,驷马难追!

村里的老少爷们知道这件事情后,不用老贵过多地做思想工作,都开始把鸭蛋给康乡长攒了起来。半月时间,老贵根据各户报的数字,算出已经有六千个鸭蛋了。

康乡长闻讯就又驱车去了南湾村。出乎老贵的预料,康乡长竟得寸进尺得陇望蜀,说再麻烦老贵一下,把六千个鸭蛋全孵成小鸭。官大一级压死人。老贵心里窝火,但他没别的办法,只好满口应承下来。

六千个鸭蛋全部孵成小鸭可是个难事,村里没地方不说,也没资金去折腾。但老贵和他的村民们很快就解决了这个问题,那就是谁家的鸭蛋谁家负责孵成小鸭,各人作各人的难。老贵感动得差点掉眼泪,真想跪到地上给老少爷们磕几个响头。

过了一段时日,小鸭出来了。康乡长得到消息后,说老贵这样子,你们把这些小鸭给我养大了吧,到时候再跟我联系……我不会亏待南湾村的,我说过的话算数。

老贵只有唯唯诺诺地答应下来,心里却骂康乡长不是东西,说他的胃口也太大了,心也太黑了。

南湾村的老少爷们却没难为老贵,还是老办法,谁家的小鸭谁家饲养。因为他们心里有盼头,记挂着康乡长的承诺,所以把这件事情看得很重。大伙儿唯恐把鸭养糟了,怕康乡长不兑现他的承诺,都想方设法千方百计把鸭养好:把盖房的木料拿出来,建起了结实的鸭舍,实行圈养;一改过去让鸭自己出去找食儿的饲养方法,也开始给鸭喂起了饲料;购买了养鸭资料,开始学习养鸭技术……

又过了一段时间,老贵挨家挨户看了看,小鸭都长成了大鸭,一个个肥嘟嘟的很苗壮。

老贵就骑个破自行车到乡里,找到康乡长说小鸭都长成大鸭了。康乡长喜出望外,连声说了几个好。随后,康乡长打了个电话,放下电话后就兴奋地对老贵说,明天我们先去看看。

第二天,康乡长就去了南湾村,随他去的还有一个戴眼镜的中年人。村里到处都能听到鸭的聒噪声,构成一片热闹的喧声。

到村民家里看过鸭,康乡长和戴眼镜的中年人都十分满意。康乡长对老贵伸出大拇指,说祝贺南湾村成为我们乡的养鸭基地!

老贵糊涂了,如坠云里雾中。

那个戴眼镜的中年人说话了。他说老村长,我们集团是生产加工"北京烤鸭"的……我刚才看了大家养的鸭,符合我们公司的相关要求,比我想象的还要好,按照市场价格,明天我们来车装运。

老贵看看康乡长,看看那个戴眼镜的中年人,似乎还没明白过来。

康乡长笑了,说老贵,这下南湾村的老少爷们可都有事做了吧?今年乡的扶贫款可就没你们村的事了。

那个戴眼镜的中年人对老贵说,接下来我们要签定一个长期的供销合同,但你们要扩大养鸭规模,保证长年给我们供货……

老贵和在场的村民总算明白过来了,不由得鼓掌叫好。老贵说谢谢康乡长!谢谢康乡长!

谢我什么?你们是猪八戒啃猪蹄,自己分享自己的果实,要谢该谢你们自己!康乡长的脸笑得像一盘盛开的向日葵。

爱的原因

侯发山

事情的起因是大家都熟知的发生在日本的一个故事。

日式住宅的墙壁通常是中间架了木板后,两边抹上泥土,里面是空的。有户人家在拆墙壁的时候,发现一只壁虎被困在那里——一根从外面钉进来的钉子钉住了那只壁虎的尾巴。那人见状,既觉可怜又感好奇,他仔细看了看,发现那根钉子是十年前盖房子的时候钉的。天啊!那只壁虎竟然被困在墙壁里整整十年却没有死!他继而寻思:尾巴被钉住了,一步也跨不出的壁虎,到底靠什么撑了十年?它的生命力这样顽强吗?于是,他要看看它到底靠什么生存。过了不久,不知从哪里又钻出来一只壁虎,嘴里含着食物,爬向那只寸步难移的壁虎。待它爬到跟前,把嘴里的食物丢下,转身又走了……啊!他顿时明白了:为了被钉住尾巴而不能走动的壁虎,另一只壁虎竟然在十年的岁月里一直衔取食物喂它!

当时,听这个故事的是一节火车车厢里的旅客。为了打发途中的无聊,在大家的鼓动下,一个大约十岁的小姑娘绘声绘色地讲述了这个故事。这些旅客来自天南地北,互相都不认识。当小姑娘把故事讲完后,大家都感慨不已,纷纷猜测这两只壁虎到底是什么关系,是什么原因使它们不离不弃。

"那只受伤的壁虎肯定是喂它食物那只壁虎的孩子,母爱是最伟大的。"

"是啊,米尔曾说过,母爱是世间最伟大的力量。"

"不错,印度也有这样一句名言:世界上一切都是假的、空的,唯有母亲才是真的、永恒的、不灭的。"

"说不定喂食物的那只壁虎是受伤的壁虎的父亲,要知道,父亲同样伟大。父爱如山嘛。"

"我猜测,这两只壁虎是一对恩爱的夫妻。常言说,一日夫妻百日恩,百日夫妻比海深嘛。"

"拉倒吧,夫妻本是同林鸟,大难来时各自飞。汶川地震时,丈夫抛下妻子独自逃生,招致震后妻子提出离婚者为数不少。"

"说不定受伤的是只公壁虎,辛苦喂食的是只母壁虎……"

"不会是夫妻。常言说,爹死娘嫁人,各人顾各人。夫妻关系不是最牢固的,常常有可以同甘却不能共苦的夫妻。"

"对,应该是兄弟关系。一母同胞,血浓于水。"

"兄弟也有反目成仇的,不会是兄弟关系。"

"我想,这两只壁虎应该是恋人关系……因为只有恋人常常是'海枯石烂永不变心,如胶似漆不分你我'。"

"有道理。但也有可能是朋友关系……"

"万两黄金难得,知心一个难求。我看不像是朋友。"

"也可能它们是邻居,常言说,远亲不如近邻。"

"我想,它们应该是上下级关系,喂食那只壁虎是受伤壁虎的手下,它是在趁机拍马屁哩。"

"喂食那只壁虎曾欠受伤那只壁虎一大笔债务,它是借机还债哩。或者说,受伤那只壁虎是喂食那只壁虎的救命恩人。"

"照你这么说,或许喂食那只壁虎得了被困壁虎的好处……"

正在大家喋喋不休争论的时候,讲故事的小姑娘忽然嘤嘤啜泣起来。

众人面面相觑,不明白小姑娘为何落泪。身边的妈妈问她:"佳佳,你怎么啦?"

佳佳停止哭泣,擦了擦眼泪,用稚嫩的声音说道:"妈妈,如果碰到我不认识的小朋友有了困难,我就不能帮他(她)吗?非得有关系、有原因才能帮他(她)吗?"

佳佳的声音很轻,但大家都听到了。整个车厢一下子鸦雀无声,不少人的脸红了。是啊,也许两只壁虎什么关系都没有,之前它们根本就不认识。

半个小时后,列车突遇泥石流,有三节车厢脱轨了……幸运的是,此次事故除了数名伤者外,无一遇难者!原因就在于佳佳所在车厢的旅客们积极参与抢救,赢得了宝贵的时间。

事后,有记者采访参与救援的旅客,问他们在危机时刻为什么能够援手相救素不相识的旅客。他们异口同声地回答:"是爱的原因!"

吴黑米的手

陈力娇

吴黑米站在汽车修配厂的门口很久了,他想到这里来修车。吴黑米小的时候看过父亲修车,现在父亲走了,就剩下他和母亲了,他就想到这里修车。

吴黑米修车实在是迫于母亲的疾病。他还是个高中学生,母亲的化疗一日比一日费钱,他就不想再念书了,他想下来挣钱。

汽车修配厂的老板见吴黑米总是在门前转悠,就出来问吴黑米,你想干什么?抢劫呀?吴黑米说,我不想抢劫,我想在你这打工挣钱。老板看看吴黑米的穿戴说,你穿得这么好,还用出来挣钱,你怕是不愿念书了吧?吴黑米说,我妈快死了,我想挣些钱,让她吃得好一点。老板说,那你只能修车,我这里没别的活儿。吴黑米说,我就会修车,不会干别的。

他们就这样谈定了。吴黑米很快乐。

吴黑米晚上回家,母亲躺在床上。母亲的身体已经像一盏熬干油的灯,十分虚弱,她每日坚持去医院化疗,每天都坚持自己走回来。

吴黑米说,妈,以后去医院坐车吧,我找了一份工作,怎么也够你打车的了。母亲一惊说,你不念书了?你不念书妈可就没什么指望了,你说什么也不能辍学呀。母亲说着一阵咳嗽,咳出一口血吐在雪白的餐巾纸上。

吴黑米忙去扶母亲,他知道他说多了,他知道出去打工的事不该让母亲知道。扶母亲重新躺在床上,吴黑米说,我只是说说想法,我能随便放弃学业吗?妈指望我什么我不知道吗?

母亲听了他的话,满足地闭上眼睛。她的呼吸终于平稳了,吴黑米看到,母亲的眼里滚出两行清泪。

第二天吴黑米背着书包,和母亲告别上学去了。他还没走出他家楼区二百米,就转变了方向,他去了汽车修配厂,他要开始一天修车的劳作。

吴黑米对修车有天赋,几乎不用人指点。老板很赏识他,决定提前支付他半个月的工资。吴黑米盘算,这钱够他母亲做三天化疗了,尽管少了点,吴黑米还是觉得挺值,至少能帮母亲减轻三天的痛苦,或说延长三天的生命。

放晚学的时候,吴黑米对老板说,我该回家了,不然我妈该看出来了。老板应允。

可是尽管吴黑米小心,把他的手洗了无数次,母亲还是看了出来。母亲拉着他的手,左看右看,看了手心看手背,最后她从吴黑米的指甲缝里看出了破绽。

母亲说,儿呀,你还是瞒着妈去干活了,你看你的手指甲,藏着许多油污,你从小妈就给你洗脸洗手,妈对这手要多熟悉有多熟悉,能不知它有什么变化吗?吴黑米的母亲泪如雨下。

吴黑米只有羞愧地低下头。吴黑米的母亲泪如雨下又说,儿呀,妈活不了多久了,你放弃学业不值啊,你就是挣个金山来,也留不住妈呀,你明天马上回学校吧,你若不回妈就撞死在你面前。

母亲说着就要把头往墙上撞。吴黑米忙拉住母亲,他向母亲保证,妈,我不去干活了,我一定回学校读书,读出个样儿,给你看。吴黑米的眼泪流了出来,母亲这才停止了轻生的念头。

第二天,吴黑米上学了。走时他回头看了母亲一眼,母亲昨晚折腾一夜,到天亮才睡着了。吴黑米看着熟睡中的母亲,悲伤不禁从心而生,他几乎没用多想,就又去了汽车修配厂。

到了修配厂,他换上了工作服,投入了繁忙的工作,这都与以往他工作的程序没什么区别。只是到了晚上,老板看到吴黑米在修配厂的门旁竖起一块牌子,牌子上写着"免费洗衣服"。牌子的脸儿是向里放着,这说明吴黑米的义务劳动,是对着修配厂内部的人。

老板非常不解,问吴黑米,你的活儿干得不错,为什么还要增加额外负担?吴黑米不吭声。老板又说,干了一天的活儿,你要保存体力,第二天我还需要你。吴黑米这才说,我不耽误活儿,第二天我一样能干好。老板还是不罢休,他说,那你也得告诉我是怎么回事,不然我这不允许别人随便洗衣服。吴黑米无奈,这才迟迟疑疑向老板伸出一双黑黑的油手,他说,我不想让我妈看到。老板明白了。他很爱怜地摸摸吴黑米的头,眼睛有点湿,末了他说,从明天开始,你给我做食堂管理员吧,那样你的母亲就看不出你做工了。

鱼 鹰

杨光洲

　　我说的鱼鹰是人，不是水鸟。

　　三十多年前，我刚记事时就听说过鱼鹰。鱼鹰家住卫河边，是卫河中游的钓鱼台、石羊胡同、石榴园、西花园，还是卫河上游的合河村，人们各有各的说法。但是，听过鱼鹰的传奇后，人们的感觉却都是一样的，那就是：神！鱼鹰的水里功夫比浪里白条张顺还要神！

　　鱼鹰要想过卫河，随时都可以过，无论脚下是否有桥，水里是否有渡船。咋过？他把肥大的裤管撸到大腿根儿，下到河里，半蹲，两条小腿曲成盘，有时还一手端着蒜臼，一手拿着馍，蘸着蒜汁吃着馍，就过河了。到了对岸，放下裤管，竟一点也不湿……有人说鱼鹰的脚掌很宽，脚趾之间有软肉，脚就像蹼一样，划起水来比鸭子还自如……

　　鱼鹰瞄鱼的眼力更是了得！他走到河沿，甚至于站在高出河面五六米的大众桥上，一眼就能看到水底的鱼！"这儿，一条'铁扁担'！""这儿，一窝'锅片儿'！"拿抄网的人照着鱼鹰手指的位置一网下去，准有一条五六斤的黑鱼或一窝鲫鱼被捞上来。捕鱼人手忙脚乱地把鱼收拾进鱼篓，转身向鱼鹰说"谢"时，鱼鹰的身影已在远处……

　　然而，鱼鹰并不总是帮着捕鱼人，更多的时候，在鱼与人之间，他偏袒的是鱼。

　　河边垂柳嫩黄泛绿时，鱼鹰会在捕鱼人身后唠叨："少捕点吧，母鱼正甩子哩。现在捕这么多，到夏天没鱼可捕，可别怨我没把话说在前头哇！"

　　知了和河里的蛤蟆开始二重唱时，鱼鹰会溜到鱼篓旁："才进夏天呀，鱼还没长起来哩。你瞧，这条还不到四两，让它再长长吧！"也不管捕鱼人是否同意，他一扬手，"扑通"一声，把那条鱼给放生了！

河堤斜坡上野菊还在风中招蜂引蝶呢，鱼鹰就堵在捕鱼人面前了："都秋天了，还用网捕鱼？就不怕明年河里没有鱼——给明年留点鱼种吧。"如果人家不听，鱼鹰还死乞白赖着不走："要不用钓竿钓吧？少钓点，给明年留点想头。别用这么大的网！想一网打尽呀？"

虽然有一身水中的好功夫，鱼鹰却很少下河捕鱼，家里更是难得吃一次鱼。如果来了客人，客人提出要吃鱼，鱼鹰才会去捕鱼。下河前鱼鹰要问客人想吃什么方法烹制的鱼。客人想吃红烧鱼，鱼鹰拎回来的必是条大鲤鱼。客人想吃熘鱼片，鱼鹰拎回来的定是条黑鱼。客人想喝鲜鱼汤，鱼鹰拎回来的准是一兜鲫鱼片儿。

鱼鹰捕鱼有个规矩，鲤鱼、黑鱼、鲢鱼这些大鱼，每次只捕一条。至于鲫鱼片儿，则要看喝汤的人数，每人一条，每条不超过半尺长，多一条他也不带上岸。

有人劝鱼鹰多捕点，鱼鹰就像被人骂了祖宗，恶狠狠地盯着对方："别想坏了俺的规矩！"

到我十多岁的时候，卫河水已开始变浑发腥。一到夏天，总有几天卫河得翻河——河底的脏东西沉淀得太多了，天一热，都泛到上面来了。这时，大鱼小鱼都浮到水面上换气，河面上满是一张一合的鱼嘴，用洗脸盆都舀得起鱼来。

这时，卫河两岸的人们往往全家老小齐上阵，搬网，粘网，抛网，甚至窗纱、蚊帐都派上了用场。一场"全民皆兵"的"歼灭战"打响了，鱼儿陷入了"人民战争"的汪洋大海！

这时，常有一位破衣烂衫蓬头垢面的老汉骑着快散了架的自行车在卫河两岸奔走呼号："少捕点吧！过两天一下雨，河水不臭了，鱼就不浮头了，留到明年会有更多的鱼给你们捕哇！"小孩子追在他后面喊"鱼疯子鱼疯子"，用碎砖头、小石子掷他，他全然不顾，还是一个劲地呼号。有人说，他就是鱼鹰，已经疯了！

而立之年，我要到千里之外的异乡谋生。此时的卫河已臭不可近。临行时，不知咋的，我忽然想起了卫河，想起了鱼鹰，便问送行的朋友："你知道鱼鹰吗？"

"知道！老皇历了！你傻不傻？"朋友不屑一顾地说，"卫河里鱼绝种了，咋还会有鱼鹰？鱼鹰早死了！"

摩　擦

　　我的小车在这座城市的大路小道上时而昂首驰骋,时而匍匐前行。右脚在油门和刹车之间来回移动,见缝插针的超车战术和挤迫式的反超车战术交替运用,令我娴熟的车技在这挤塞的城市中发挥得淋漓尽致。即便这样,我急躁的心情仍然没法平静下来,我的思想早已飞回公司的会议室,剩下的是手和脚在驾驶座机械且高效地运作。

　　今天有一个重要的新客户前来我们公司洽谈业务,作为合作方案的策划者,公司安排我现场作 PPT 演示,这么重要的会议,我怎么能迟到呢? 可是这见鬼的红灯、这见鬼的交通状况,大大地超出了我对路上时间的预计。

　　正在我在叫苦不迭的当头,更为不幸的事发生了。旁边的一辆宝马想强行超我的车,而我又没有丝毫避让,宝马的车头撞到了我的车身。随着一声急刹声,对方凶神恶煞般从车里跳了出来,头往蹭到的位置探,还好,仅仅是擦了一下,估计没什么大碍。

　　但我还是极其不满地怒斥他,你是怎样开车的?

　　想不到那人也不甘示弱,反问,有你这样开车的吗?

　　本来我想,这事情应该是他违规在先,既然没什么大碍,只要他态度放好点,自己吃点小亏也就算了。而且,关键是我没时间跟他拗,我还要赶回公司开会。

　　但是,那人竟然不买账,把责任往我身上推,还不断地在心痛他的宝马。

　　于是,大家也顾不得风度,在大路中间吵骂起来。而这也让我有机会端详一下对方,只见他矮小的身材,一身的西装革履套在身上略显宽松了点,系着一条大红的领带,长长的,几乎垂到跨下,因而特别耀眼。而他深陷的眼睛,不时闪耀着商人般狡黠的光芒。

111

我想，在这紧要的关头遇到这种人简直是倒霉透顶了。见我退让，他却咄咄逼人，就像地摊上在讨价还价的买方卖方，双方咬得很紧，不留缝隙，无法回旋。

没办法，我只好拿起电话打了110。很快，交警来了。看了情况，拍了相片，把红领带叫到一旁，嘀咕一番。然后又找我，问，接不接受交警的调解？如果愿意就这样算了，没什么大的问题就各走各的。

因为要赶回公司开会，而且现在已经迟到了，我只能同意了。我想，如果不是要赶时间肯定不能就此罢休。想到无端给他拖了时间，心中愤愤不平，走时，恨恨地剜了他一眼。

红领带也狠狠地剜了我一眼，他也心中有气。

我钻进车，发动，起步，焦虑的心早已飞回了公司的会议室……

当我推开会议室的大门时，只见到老总一个人阴沉着脸坐着，我小心翼翼地问，潘总来了吗？

老总跳了起来，对着我咆哮，潘总？现在什么时候啦？！

我战战兢兢，塞车……刚才又出了点交通事故……

每次迟到总是拿塞车作为理由，能不能想想第二个？知道塞车为什么不提早点？说着，老总把手中的笔记本"啪"的一声往会议桌一摔，恨恨地说，没有任何借口！

随着老总"啪"的一声，我突然缓过神来，原来这是我在等候绿灯时的胡思乱想，因为我实在太担心赶不上这次会议了。

实际上应该是，当我推开会议室的大门时，确实是看到老总阴沉着脸坐在那里。那个潘总，见到我进来，职业性地笑了笑，啊，杜经理来了，终于来了，今天时间也不早了，不谈了，咱们下次再谈吧，我还约了其他公司谈这个事情哩！

送走了潘总，老总没有我想象中的怒吼，他也职业性地笑了笑，你不用解释，我只看结果，不看过程，你知道该怎样做的。

原来有时候领导的笑容比生气更可怕，我突然感到后背有点凉，出冷汗了。我打了一个冷战，其实，这也不是事情发展的真相，这是我在焦急地等待电梯时的幻觉。

实际上应该是，当我推开会议室的大门时，天啊！潘总竟然就是刚才在路上跟我撞车的那个红领带！潘总见到我进来，蓦地站起来，指着我说，有他在，我绝对不会与你们公司合作！

我也义愤填膺,大声回应,我们也不会跟一个粗野、蛮不讲理、没有信义的卑鄙小人做生意!

红领带甩门而去,老总愕然地看着我,半天说不出话来。而我却感到无比的畅快淋漓,一直以来的超负荷的工作压力和刚才一路以来的焦虑,犹如决堤的洪水汹涌而来,一泻千里。即使等着我的是收拾东西走人,这也是何等的快意江湖!

但是,实际上真相也并非如此,这是当我的右手抓住会议室大门把手时的想象,我只觉得当我要迈进这个会议室时,我的心跳明显加快了,我有一种不祥的预感,我甚至想到今天所约的潘总说不定就是刚才遇到的那个红领带!

真实的情况是,当我推开会议室的大门时,天啊! 这世界是何等的小啊! 潘总果然就是刚才在路上跟我撞车的那个红领带!

我和潘总都惊讶地定格在老总的眼前,老总一脸疑惑,问,原来你们认识?

只见潘总脸上立即堆满了笑容,瘦削的脸颊顿时皱成一团,如沙皮狗般可爱。哈哈,不打不相识,不打不相识! 潘总爽朗地说着,向我伸出了他的右手。

我马上报以一个见牙不见眼的笑脸,迎上去,握住潘总的手,说,哈哈,缘分,缘分呐,祝愿贵我双方的业务合作就像我们的小车一样,亲密无间,并擦出精诚合作的火花!

耳 聋

阿 社

十岁那年，聋子五根的外号伴随着不幸降落在五根身上。

没成为聋子前，五根和村里的其他孩子一样，淘气，调皮，捣蛋。那是一个槐花飘香的季节，这群被槐花嫂骂为野孩子的小伙伴，又看到村长往槐花嫂家里去了。孩子们蹑脚蹑手往槐花嫂家门口靠，然后拿耳朵往门板上贴。

村长不知什么时候神不知鬼不觉地出现在这群孩子的后面，静静地瞪着这群拿脑袋往门板上贴的孩子，良久，突然一声大吼。孩子们着着实实地吓了一跳，顿时作鸟兽散。村长随手抓住其中一个，一个大巴掌扇在脸上。

这个不走运的小孩便是五根。说五根不走运，是因为村长的这一巴掌并不是故意冲着五根的，他是随机的，就像往抽奖箱里掏抽奖券一样。也正是村长随机的一个大巴掌，开始了五根四十年的寻医梦。

十岁的五根，认为闯祸的不是村长而是他自己，所以，五根不敢告诉父母，任那四条紫红色的手指印深深地烙在左耳旁。天黑的时候，五根像村长闪进槐花嫂家里一样闪进自己的家，然后溜上床睡觉。

五根的父母知道这件事情时，已经是第二天了。他们从五根枕头旁暗红色的血迹中顺藤摸瓜，然后弄清楚事情的来龙去脉。于是，他们带队去村长家闹了，去槐花嫂家也闹了，依然对五根的失聪于事无补。医生说，这一巴掌太毒了，而且也错过了最佳的医治时机。

除了小时候发生在五根身上的这一件大事外，实际上，五根的人生跟普天下许许多多的男人一样，平庸，忙碌。而与普天下平庸而忙碌的男人不一样的是，五根的一生还在忙着另一件事——寻医。

五根发誓要治好自己的耳聋。五根的誓言有点子承父志的味道，因为，五根的父亲在五根发生不幸时，也发誓一定要医好儿子的病，哪怕是倾家荡产。为此，五根的父亲四处求医。五根的母亲，整天哭哭啼啼，说无论怎样儿子的耳聋一定要在娶媳妇之前好起来。只可惜天不遂人意。

接下来发生的，很符合事物的发展规律。到了娶媳妇的年龄了，五根往后拖了五六年，算是再正常不过的晚婚晚育。至于对象，属于是退而取其次，这不叫委屈，也属于正常现象。因为换位思考，对于五根的媳妇而言，也算是退而取其次吧。

五根结婚后，医治耳聋之事依然是父母心中永远的痛，但一切似乎尘埃落定，已远没有之前那么强烈。而这个时候，医治的火苗却在五根心中迅速燃烧。五根为此背上行囊，一边外出打工，一边求医。外出十年，走了很多地方，也寻访了很多医生诊所，耳聋未见好转，最后是双手空空回到家里。

就在五根也认命的时候，有人说，邻村来了一个老中医，专医耳聋。

五根并没有抱太大的希望，但既然在邻村，他也不想放弃这个机会。

五根来到老中医住所，说明来意。老中医显然没有听到，五根再说一遍，老中医却递给五根纸和笔，叫他写出来。

原来老中医也是个聋子！五根拂袖而去。五根想，连自己也治不好的病，又怎能治好别人？五根走出门，想想觉得不可思议，竟又返回哀求老中医。而恰恰就是这一次，五根的耳聋给治好了。这一年，五根已年届五十。

重返有声世界的五根，似乎要寻找遗失四十年的声音，东走走西逛逛，整天耳朵竖得老高。

以往三五成群的邻居，聊起天来滔滔不绝，甚至大声嬉笑，当五根是透明的。现在当看到五根走过来时，他们不再像以往那样无所忌惮，变得欲言又止。

老婆以往打起电话来，该笑的笑，该骂的骂，恣意纵横，滔滔不绝。如今，拿起电话前，她先瞧瞧五根有没有在，然后把声音压低。一个月下来，电话费竟然省了不少。

五根陷入了无尽的苦闷与忧伤。

陷入无尽苦闷与忧伤的五根，在一个人的时候，总爱回忆过去，回忆村长的一巴掌，回忆失聪岁月的点点滴滴，回忆治好他耳聋的聋子老中医。

擅长治耳聋的老中医怎么会是一个聋子呢？五根想着想着，两行浊泪慢慢地爬了下来。五根举起左手，往当年村长痛下毒手的位置狠狠地给了自己一巴掌。

从这一天开始,每天早上起床,五根来到这个有声世界的第一件事就是用左手狠狠地抽自己一巴掌,三十年从不间断,直到五根八十岁寿终正寝。

玉　髓

王鸿翎

　　枕香阁的女店主莽草有件镇店之宝，独山玉的挂件。这枚挂件轻易不敢给人看，怕看的人一入眼睛眼神就离不开了。所以，莽草把这块玉牢牢地锁在保险箱里，只是遇见非常投机的朋友来了，才把这块宝贝小心翼翼地拿出来让大家观瞻一下，然后再放在锦盒里收藏好。这玉跟了她十几年了，以前她早晚都挂在脖子里，洗浴时才摘下。莽草就是拿自己的心血将这块玉养护得泛着晶晶亮亮的光泽，润泽中还沁着绿丝丝，很像莽草自己越来越散漫的思绪。她有时候偶尔会想起玉的原主人，一个帅气的小伙子萧，那是她的初恋情人。十几年前他们定情的时候，萧就把这块玉送给了莽草。虽然后来他们没有成为一家人，但是，这块玉代表了萧对莽草深沉的爱。而这块玉之所以被莽草珍藏至今，也代表了莽草心底对萧的那份感情。

　　这些年，莽草倒腾玉石生意，也亲眼见过数不清的好东西。只要觉得价格合适，她从来都是毫不吝惜地出手。

　　玉的价格翻了几番，莽草在进货时从没走过神儿失过手。所以，几年倒腾下来，她原来扎本的几万块早变成了几十万了，但是，她还是没有停歇的意思，仍然奔波在生意场上乐此不疲。她喜欢那种拿点钞机数钱的嚓嚓声，喜欢看自己银行卡上到账的手机短信，也喜欢每天都忙忙碌碌接待客户的那种感觉，更喜欢看顾客跟自己讨价还价请她让利的神情。

　　这天下雨，莽草懒懒地比平日晚到了半个小时，没想到店门口却有位相熟的胖太太早已经在等候了。这位胖太太是个购物狂，家里开的有矿，每次到莽草的店里就从未空手走过，这次她在莽草的柜台里看来看去却没有看中一件东西，眼里流露出一些沮丧的气息。

　　她很期待地望着莽草，指望着她能给自己带来点惊喜，莽草却也有点无能为力。确实,这几次她去进货,除了感觉玉石的价钱在疯涨之外,总感觉也没有多少好货入眼,进的货也越来越少,自然也没有多少能让眼前的这位"玉控"来挑选。可是,这位胖太太就是不死心,她以前听说过荠草的挂件,但是从未见过,她就央求荠草把挂件拿出来让自己过过眼瘾。荠草推不过,只好拿了出来。

挂件一亮相就像磁石般吸引住了顾客的眼球。这枚挂件是一枚玉锁,有三寸多长的石链。乍看也没什么稀奇的,仔细端详才知道它的珍贵。这块玉耗料有一块砚台那么大,中间剔去,上部精雕成十八个环环相扣的玉环,个个玉环上细刻着数不清的喜鹊,栩栩如生;底下的挂上有一对璧人相拥,脸上的神情好像在诉说着什么,璧人之上恰好有白玉一盘悬空悬挂,云雾腾腾,如诗如画……那雕工绝了,那意境也厚了。

那胖女人看呆了,眼里闪了光,她出价十五万。荠草竟然也呆了,按照她对市场行情的估计,这胖女人给了四倍的高价。荠草卖了这块玉。

这笔生意成交了,胖女人欢天喜地地走了。荠草却早早地关了门。她突然没有了那份数钱的激动,其实也不用数钱,胖女人刚才刷的卡。但是,荠草却总有种说不出的感觉,一天下来都感觉没着没落的,也不知道自己哪里做得有什么不妥了。这种感觉就像是走路鞋底下粘了张糖纸,也许又像新衣服被蹭了油漆。

晚上,荠草在床上翻来覆去地睡不着,到天快亮的时候睡着了,她做了一个梦,梦见萧指着她的鼻子大声地斥责她是一个贪财的女人,为了十五万竟然把这么多年的感情都卖了!她猛地醒了,冷冷的月光照在她的腮边,泪水悄无声息地淌了下来,浸湿了枕头……

没有了镇店之宝的枕香阁关门了。

真爱是佛

闵凡利

　　事儿是在去年冬天的一个晚上。那天下着雪。雪不是很大，但从容不迫，很缠绵。那天因为一点家庭琐事，我和老婆斗起了嘴。老婆的嘴很厉害，机关枪似的，吵得我头都大了，我就感觉我像一个气球，要爆炸了。一气之下，我甩手走出了家门。

　　外面白茫茫的一片。出了门我才想起，去哪儿呢？看了看家的方向，我知道家里还弥漫着硝烟，是不能回的。唉，很久没去好伯那儿了，到他家坐坐吧！

　　好伯今年七十多了，一个人住在村子的边上。以前我常去他那儿的，在他那儿，我学了很多做人做事的道理。好伯是一个很聪明的人。

　　好伯见我进门，很惊讶。就笑着对我说：你可是有好长时间没来了。

　　我说是的，有很长时间了。天天写，忙啊！

　　好伯递给我一个马扎，让我坐下。我苦笑着说，好伯，很久没听你讲古了，讲一个吧！

　　好伯笑着看了我一会儿说，好吧。接着就讲了——

　　说的是在很久以前，有一对母子相依为命，当儿子长到二十来岁的时候，迷上了修仙成佛。由于年轻人心思都在烧香念经上，所以家里地里的活儿都落在他母亲身上。有一天，年轻人听说在千里之外的龙山上有一个开悟的和尚，是天下最有智慧的得道高僧，世上没有难得住他的事。年轻人就想：我天天这么虔诚地烧香念经，为什么就是见不到真正的佛呢？不行，我得去龙山。

　　当然那也是个冬天，年轻人就瞒着母亲，偷偷地打点了行囊，悄悄地去龙山了。

119

年轻人翻了很多的山，蹚了很多的河，终于来到了龙山，见到了那位开悟的高僧。年轻人虔诚得像见了佛祖一样纳头便拜，请高僧给他指点迷津。

年轻人问高僧：我天天烧香磕头，天天念经祷告，可我一次佛也没见到，世上到底有没有佛呢？

高僧说：有。怎么没有呢？！

年轻人问：怎样才能见到我一心参拜的佛呢？

高僧问明年轻人的身世和他的状况，知道年轻人是一个很虔诚的修炼者。高僧就说：佛其实很好见，关键是你的眼睛能不能看到啊！

年轻人说我的眼睛非常非常好，就是在漆黑的晚上我也能看个百米以外。

高僧笑了笑说：佛其实很好找，就是为你赤脚开门的那个人！

年轻人从此就踏上了寻佛的路。他专门在夜晚去敲旅店和客店的门，敲室内亮着灯或是没亮着灯的门。可每次出来给他开门的人都不是赤着脚的。转眼一年过去了，年轻人没有遇到一个赤脚为他开门的人。年轻人就有些失望了。年轻人想，也许这世上没有佛吧。于是年轻人开始踏上了回家的路。

那天像今天一样，也是下着雪。那天的雪要比今天的大。来到村子时，已是深夜了。年轻人就敲响了自家的门，年轻人说：娘，开门！我回来了！

年轻人话音没落，门很快就打开了。他娘满脸泪花地站在年轻人的面前。他娘有些不相信地说：我儿，真的是你回来了？真的是你回来了！

年轻人说，娘，真的是我回来了！年轻人这时才发现：娘是光着脚的——

望着光着脚的娘，年轻人猛地明白谁是佛了……

好伯给我讲完，有好大一会儿不说话。好久才说：天很晚了，回家吧，过日子哪能都是上坡呢？回家吧，晚了，小孩的妈牵挂！

我只好踏上了回家的路。现在雪很厚了。别看着雪小，其实一个劲儿地下，照样是大雪的。我敲响了家的门。我说：开门！开门！

门很快打开了，老婆站在了门口，老婆看见我，眼里的泪哗地流了下来。

我这时才发现：老婆是光着脚给我开的门！我的心湿润了。

我转身把门关上，然后轻轻地抱起妻子……

活鱼的水面不结冰

闵凡利

入了冬,我很少赶集。我们这儿的集说起来就是一处农贸市场。有的地方说场,有的地方说圩,我们这儿说集市。后来嫌带着个"市"拗口,就干脆把后面的"市"省略,叫"集"了。

集是老集,年代很久了,具体起于什么年代,也无从考证了。集在我们闵楼村的西面,十天四个,一、四、六、九。

恰巧是九的这一天,妻子要烙煎饼,早早地就去打糊了。妻子在走之前安排说,我分不开身了,你去赶集吧。这两天,儿子想吃鱼,你看着买一条吧。领了老婆的圣旨,我不敢怠慢,急匆匆地来到村西的集市。天虽冷,人还是不少,大家都急急慌慌地购买着自己需要的物品。我首先来到了鱼市。

我在一个摊点前站住了,因为这个老板卖的是活鱼。我看中了一条白鲢鱼,是里面活得最欢的一条,也是最大的一条。一称,三斤半。好,就这条。

把鱼拎回了家,老婆看我买了这么大的一条鱼,忙把洗衣服的大铁盆端出来。我忙把鱼放进去。鱼入了大盆,一个翻身,用尾巴"啪啪"地拍了拍水,舒展着自己。

看着鱼儿游动,我的心禁不住抖动起来。鱼啊鱼,你知道我为什么买你回家吗?就是因为想吃你的肉啊,吃了你,我和我的孩子们才能身体强壮,脑筋灵活,才能有更多的精力去做一些我们自认为有意义的事。

鱼是不知道我此时的心理的,只是在水中来来回回地游动,快乐而幸福。在这条鱼身上,我看到了从容和平静,坦然和热爱。

快要入九的天,在我们鲁南一带,已是滴水成冰。中央电视台《天气预报》说今晚将有一场寒流从北向南,影响我国东南部。据预测,明天我们这儿的温度将达零下六七摄氏度了。

等我醒来的时候，天已大亮了。老婆早就起床了，正在做着她揽的一些加工的活计。我忙穿衣起床。打开屋门，一股寒意扑面而至，我激灵灵地打了个冷战。妻子说，多穿点衣服吧，今天特冷。

我只好又加了件厚线衣，走出屋门的时候心里才感觉到有了底气。外面是白茫茫的一片，好像下了一地的雪，我知道，那是霜，是湿气遇冷而显现出的状态。脚下的土路铁硬铁硬的，有着金属的质地，完全失去了柔性的亲和力。

所有的水都结冰了，生机在冬日里低下了不可一世的头颅。面对大自然，所有的生机都只有叹气。我就想大自然的强大，任我们谁也抗拒不了。在大自然面前，人真是太渺小了。

我猛然想起昨天买的鱼——那条在水盆里欢腾的鱼。在这么冷的漫漫长夜里，一定会冻死啊！

我忙向盛鱼的水盆走去，水盆在自来水龙头旁。水龙头已经冻住了，再也流不出一滴水了，只挂着一段长长的冰凌，几个有水的盆里也都结着冰。

可有鱼的那个盆里，水还是像昨天上午那样清澈着，一点冰凌也没有。鱼儿在自由自在地游，很欢实，欢得一个水盆里都是生机了。

我很惊喜。这个盆里的水怎么没结冰呢？我问妻子，妻子看了一眼鱼，说："还是写东西的人呢，这一点都看不出来？因为这个盆里有鱼。你看鱼的这个欢腾劲儿，水面能结冰吗？"

妻子一语道破天机。是啊，无论一个人或一个家庭，或是婚姻、爱情，只要充满活力，充满激情，即使是再严寒的季节，自己的"水面"也永不会结冰！因为你的活力融化了寒冷。

清　明

平　萍

十岁那年一个春天的课堂上，我认识了清明。

秦老师说，你坐到那个空位子上吧。我往教室后边一看，一个扎着两条长辫子的白胖女孩儿前面有一空位。

我刚刚坐上去，有支小小的硬硬的东西戳了一下我后脑勺儿，清脆女童音响起，喂——苹果，我叫路清明。我有点恼，有这么起绰号的吗？回头瞪了一眼，却看到了一张吃吃笑的白脸，淤肿似的拧成了一朵花，一朵纯白色的太阳花。之后，我发现，这个叫路清明的女同学，每当意气风发的时候，白胖脸就会像那种没用过的素描纸有光泽的那一面一样，闪着灿烂色泽，否则，白胖脸就像素描纸的另一面，纹路纵横，晦涩干枯。然而，她的脸色总是苍白的。

放学时，我俩长久地走在同一条车水马龙的柏油路上，再爬过一扇关闭的大铁门，穿过一片杂草丛，就可各回各家。她家住部队大院，房后有一大片小草，走近一看，却是墨绿幽润的细长松式叶条。她说，这是太阳花，我爸种的。等花怒放时，有花开的声音。顿时，我眼前一亮，花开有声？她郑重其事地点点头。

我放弃了跳皮筋，虽说我的皮筋弹性好，我的技术也一流我还放弃了打乒乓球，虽说我的拍子是双面胶的，我的球技又无人能比。我只陪伴一个人——路清明。只要一听到老师说下课，我们就一溜儿烟跑到走廊上，席地而坐玩"羊拐"，那是一种由乒乓球和羊腿骨组成的游戏，常常看傻了一圈的同学。

课堂提问，我从未叫老师失望过，作文也都被当作优秀范文来宣读。一次改选班长，我这个转校生居然全票通过，我的热忱被激发。我用零花钱买来四张伟人画像,打算贴在教室的墙壁上,但我不知道图钉遇见了坚硬墙体就自动颓废,不够使了。同桌男生黄河就飞奔而去,回来的时候,不仅递给了我10枚图钉,还有一个冰激凌。我羞涩,不肯接。清明蓦然闪现,说给我吃吧,不然,都化了。我一怔,觉得那黏黏的奶油色,像极了清明幽幽的眼神。她毫不在乎地在我们的注视下,张开了大嘴巴,伸出了长舌头,淌下来的白色液体就被接住了。我调皮地看着她的身后,叫道,路叔叔,您好!清明立刻想要转头,却一甩冰激凌,身体倒地,不省人事。我们吓坏了,正要去叫秦老师,她又醒过来。从此,我知道了,清明是不能被吓唬的。

放暑假前,我去给秦老师送考卷,才知道她原来有个嗷嗷待哺的女儿。饥饿叫那个小婴儿一直撕心裂肺地哭闹,而我的老师却只能红着脸一头汗地拼命扇着蜂窝煤炉子。火上,是一锅大米粥,依然还是稀汤寡水的。我知道秦老师是代课的知青,所以我大声叫嚷,老师您等着,我家有两袋奶粉和白糖,我这就去拿来给您女儿喝。要知道,军人家庭再有特殊的待遇,我也是相当长时间里没有尝过牛奶的滋味了,白糖也是昨夜刚刚用沾了水的筷子偷偷地捅破牛皮纸包装,才品尝到了一点点甜的味道。

最好的补偿,该算是清明给予我的惊喜了。那个夏天,我一连数十个清晨都蹲守在花丛里,终于听到了太阳初升时,渐渐绽放的娇艳妩媚的"死不了"花开的曼妙声音。

一开学,听说秦老师被退回原知青点了。新来的班主任抖动着苍苍白发说,个别女生不自重,自个谈恋爱不说,还学会了溜须拍马。像什么话!现在,我们改选班长。于是,除了谷雨——一个脸颊上散落着雀斑的会吹竖笛的小女生投了我一票,我几乎被全票否决。而清明居然投了她自己一票,以绝对优势当上了班长。宣布的瞬间,我转头,看到清明的脸颊上居然飞上了绛紫色,就像一朵红得发紫的半支莲。

从此放学路上,我就被男生追杀——大苹果,圆又圆,叔叔带你上公园,不要急来不要怕,马上就有汉子亲——被羞辱时,我似乎总能看见一张白胖脸开成了纯白午时花。

来年清明,我们被要求去给烈士扫墓。路清明叫她爸开着一辆军用大卡车送我们去陵园。亢奋中,我也挤在了最前面,毕竟那儿可以感受风的气势。清明挤过来,冷冷地说,你——不准乘这辆车!我说,为什么?这是集体活动。她说这是我爸的车,我说了算。说实话,那一刻,我恨死了清明。好在突然一踉跄,大卡车轰隆隆地就开走了。

离开陵园大门的时候，我猛然听到一声呐喊：苹果——我回眸一瞥，看到了清明，她正站在离去的卡车尾部，双手举成喇叭形。我一转身，孤寂地一个人绝尘而去。

倘若我知道，那将是我们最后一次相见，我一定会追上去，至少也要搞清楚她想对我说什么。清明，最后，你到底想要对我说什么呢？

那天，是清明，其他班的同学也一窝蜂地挤上了那辆卡车。土路泥泞，汽车颠簸，小学生们一个压一个地挤成了一团，最底层的那个小女生，就是清明。

黄河哭泣着，说要不是清明，我，就是被压在最底层的那个人啊。

我知道清明患有先天性心脏病，我也知道她本该"死不了"，但她就这样夭折了。

清明说，花开有音。

花开要有音，成了我的座右铭。

有关链接：太阳花，俗称死不了、午时花、半支莲等，属于马齿苋科一年生肉质草花，原产巴西，有见阳光才绽放的习性。将它拔出或摘下一段，置阳光下暴晒，或放置许久，看上去已奄奄一息了，但插在土中，稍有湿润，它仍能神奇般地成活。

冬　至

平·萍

　　冬至不端饺子碗,冻掉耳朵没人管。这节气是北半球全年中白天最短、黑夜最长的一天。过了冬至,白天就会一天天变长,黑夜会慢慢变短。

　　早已降临了的黑暗,还滞着他的脑子,他什么事都想不动,越是感到思考越是一片苍白,思维如同刚刚参观过的造纸厂里那池白浆,黏稠,混沌。他不愿去想了,却好像被人揪起衣领狠狠一甩,甩进一个幽深的黑洞里,四壁都是碎玻璃,闪着幽幽的光,锋利的棱角尖叫着。身体每一处与碎玻璃相撞,疼都呈放射状钻心而来,却又找不到具体的痛点,甚至痛的深处,隐隐约约地、模模糊糊地,竟浮着一股难以言说的……愉悦。

　　这,大概就是他一定要思考的缘由。近段时间来,他和小男生们一起,在放学路上,大呼小叫,编织顺口溜:大苹果,圆又圆,叔叔带你上公园,不要急来不要怕,马上就有汉子亲……可是,这些,似乎不再能够羞辱同桌小女生苹果——路清明起的蛮适合她的绰号,谁叫她姓平呢? 谁叫她总是意气风发处处优秀呢? 作为她的同桌,他已经被男生们讥讽为她的汉子了,他当然要和她划清界限。他先是用刀刻出"三八线",只要她的胳膊肘胆敢侵犯他的领土,他必会"人若犯我,我必犯人",用铅笔刀、中华铅笔直接砍去戳去。听到她的尖叫,他们都会开心大笑,笑声里含着愉悦、认同和信任。她越痛苦他越得意,她越躲闪他越要变本加厉。他想出了一种击打她尊严的最好办法。每天放学路上,他捡来碎石块、树枝条,甚至半截砖块,追赶着她,甩过去抛出去。起先,她会撒腿就跑,越跑他们越追。后来她只是偶尔躲避,疾走不理,他们就身前影后侮辱她,撞击她。

　　今晚,她听到他们追杀的声响后,居然立刻站住,回转身体,恶狠狠地瞪视着他们,高呼一声:"有种的,上来,单挑!"一帮小男生全体凝神,呆了,傻了。高年级那个捣蛋鬼一脸坏笑,叫嚷道:哈哈,黄河,你媳妇儿要和你打架了,还不快上! 噢噢哦——快上噢! 于是,一片嬉笑声响起。羞愤中,他不得不撸起棉袄袖子,露出细长白胳膊,握紧双拳,冲向前去。苹果却后撤一步,左手伸前挡住他的拳头,右手一个拳击,他的胸口就被重重击中。一股惊慌与无助突然之间横生而出,他想转动一下脑袋,却发现不行,一丝力气都没有。胸腔里也正嘎嘎地响成一片,仿佛是老房子上已经尘土堆积的黛瓦,突然被撬开,七零八落地一块块坠地,散落在黑糊糊的泥土上,那黑泥正拼命挤出来,潮气与霉味交织迸发。恍惚中他的衣领被拽住,右腿脚踝处被猛然一撞,他就被撂倒在地。

一帮臭小子目瞪口呆。

苹果拍了拍衣袖,扬起苹果脸,清亮地叫道:"谁再来?"

一帮臭小子甩掉手中物,立刻作鸟兽散。

他也吓得大气不敢出,甚至害怕爬起来。苹果粗粗喘着气,越喘越粗,他以为她马上要哭了。是的,虽然她胜利了,但是这段时间他们欺辱她也的确太狠太凶了,她需要一场哭。可是,她没哭。很奇怪,一般大堤将决之前,总是要有所酝酿有所积蓄的,可她却突然身子一缩,任何哭意都没了。他感觉他的体内是那么的干涸,就像一条被晒干的鱼。蚁虫似的东西,从小腹深处密密麻麻地向躯体的各个角落缓缓爬去。刚开始,只是有种麻麻的不适,后来,开始疼痛,在深处痛,难以言说的痛就这样持续着,直到苹果将他从地上拽起。

昼,真的好短,天很快就漆黑了。他在黑暗里寻觅灯光。啪嗒——妈妈打开灯,递给他一碗水饺,透着晶莹红润的娇耳式彩色水饺,蓦然让他心动。"医圣"张仲景曾用"祛寒娇耳汤"在冬至这一天,救助了那么多被冻伤的百姓。他呢? 是的,他需要行动。

冬至的夜晚,寒风刺骨,但他还是来到了部队大院,来到了苹果家的门口。他们曾经无数次乘胜追击至此,甚至砸碎过她家的窗玻璃。而此刻,他只能壮了壮胆子,才敲了下门,却无人应答。他只好将那碗娇耳放在窗台上,走到一扇亮着灯光的窗前,用力一跃,他的脸就被瘦胳膊撑着,贴到了花纹玻璃窗上边的透明玻璃窗上,天呀,他看到了什么?

一个几乎赤裸的小女孩嘴里朗朗地念叨着:"邯郸冬至夜思家,唐代,白居易,邯郸驿里逢冬至,抱膝灯前影伴身。想得家中夜深坐,还应说着远行人。"手却一个劲地把点着的艾条在肚脐附近熏着。

　　瞠目结舌中他跌落在地。听到开门声响，他跳起逃窜，回眸一瞥，看到苹果正将手伸向那碗水饺。他跑回家，冲进家门，劈头就叫："妈——艾条能烧肚脐？"

　　做大夫的母亲笑了，说："哦？我家小淘气怎么懂得了艾灸神阙穴养生法？要知道，今天，正是阴阳交接、激发身体阳气上升的最佳时间。如果能用艾灸神阙穴，即可温肾健脾，调和气血，第二年都少生病哦。"

　　黄河开心了，夜最长的冬至真好。

谷 雨

平 · 萍

　　我的主人谷雨其实不叫谷雨,她的真名是顾瑀。因为那个字常常被写错,小孩子们干脆直接叫成了谷雨。再说顾瑀又出生在二十四节气之一的谷雨这一天,正好蕴涵雨生百谷,柳絮飞落,杜鹃夜啼,牡丹吐蕊,樱桃红熟,万物茁壮之美意,也就罢了。

　　我的主人结识了一个小女生苹果,但那个苹果似乎并不怎样理睬主人,虽然她就坐在主人后排的座位上,天天被那帮臭小子欺辱着。可我知道主人的心儿都在苹果身上了,要不改选班长时,就主人一个人投了苹果一票,这是需要多么大的欣赏、担当和勇气啊。之后,我还发现主人总是第一个赶到学校打开教室的门,冲到苹果的课桌前,用抹布把桌面上的那些唾沫口水鼻涕浓痰等统统擦掉,然后弯下腰掏出桌斗里的那些臭虫毛毛虫蟑螂什么的,再将脏东西一起甩进垃圾箱,才坐到自己的课桌前若无其事地看书。即使被有的男生看见并讥讽她,她也是雷打不动地每天这么做着。有时候,苹果还是会在书包里冷不丁地发现小怪物而吓得失声尖叫,主人也会奔过去帮她收拾残局。有时候,干净了的桌面上一转眼就又被吐或甩上了口水或鼻涕,主人就会帮苹果再盖上新的《参考消息》。后来,我发现,苹果也渐渐地有了防范能力,更有了淡定神情。瞧,发现那些之后,她要么盖上一叠《参考消息》来遮掩,要么用报纸拨出那个恐怖的小怪物,然后继续神清气闲地读书写作业。今天,正是主人的生日,瞧,好运来了。看到苹果课桌上又有了龌龊东西,主人着急中抽拽了黄河正在素描军舰的画纸来盖,黄河都是一脸的沉默。

　　我明白我的主人颇为欣赏苹果,连我也佩服她,很想和她交上朋友,因为我们都亲眼目睹了她是如何一个人勇斗那帮嚣张凶猛的臭小子的,也因为我清楚我的主人有多么孤寂。我宁愿一个人寂寞,也不愿我的主人孤独。怎样才能让她俩成为最好的朋友呢? 我家小主人绝不会像路清明一样背叛友谊的。

我是谁? 我可不是一般小学生五元钱就能买到的那种"八孔竖笛"。不是吹的,我曾是谷雨妈妈的爱物:白玉竖笛。我曾经随着靓丽的小姐在维也纳音乐学院巴洛克音乐系深造过,还曾经在美观大方,色彩和谐,被称为"世界歌剧中心"的维也纳金色大厅演奏过《魔鬼的颤音》。要知道那音乐大厅本身就是一件完美的艺术品,设计得最独特的就是移动舞台,纵深四十六米,有几层平台组成,可随意升高、降低或转动。可是,最后我还是随着小姐回到了祖国。不久,我就又有了小主人,那就是顾瑀——谷雨。

小主人很爱惜我,三岁开始就和我肌肤相亲,夜夜相守。八年过去了,小主人居然能把快颤、慢颤、从不颤到颤、慢颤转快颤、边揉边颤、边滑边颤等颤音绝技演绎到魔鬼都微笑的地步。嘿嘿,对啊,我就叫小主人奏这首经典曲目给苹果听好啦。

放学路上,我看见苹果跟上来了,我立刻从主人的书包里跳了出来,抢在那帮子追杀苹果的男生赶过来之前坠落在地。哎哟——摔得我痛死了,呵呵,好在没有哪里破裂,嘿嘿,我高兴极了,因为我正被捡起被凝视被送到主人手中。我听到了苹果脆声相问:"顾,这是什么竖笛,居然不怕摔?""白玉竖笛。想听吗? 我可以为你演奏。""真的? 只为我一个人?""是的,只为你一个人。你想听什么?""嗯,那……你会《喀秋莎》、会《小夜曲》、会《梅娘曲》吗?"我乐了,马上精神抖擞,准备应战。

主人却说:"好吧,你……跟我来。"我知道主人要上楼顶花园了。

谚语曰:谷雨过三天,园里看牡丹。主人的父母在他们家楼顶上用花盆栽种出了一个花的世界。我和主人天天都在这里流连忘返,甚至狂风暴雨,甚至漫天雪花,只要我的主人陶醉在那一曲曲曼妙音乐的世界里,像随风潜入夜,润物细无声的春雨一样,滋润了我们的心灵,我都一概奉陪。

主人说:"瞧,牡丹含苞欲放了。这儿,就是我的天地。在这个精神比物质更贫瘠的时代,我是幸运儿。对吧?"

苹果喃喃:"精神比物质更贫瘠? 说得真好。"

主人羞涩了,说:"不好意思哦,那是我爸的话。"

彩色的花世界,绿色的苗天地,让苹果有点迷失,黑潭般的双眸眨巴着,有时瞪得那么大,有时又眯起来。突然,她听到了天籁之音,清脆、悦耳、高亢,又忧伤、缓慢、婉转,充满哀伤,有点幽怨。几个较强较长的音甚至有点哭诉的味道,然后又是几个强音,颇有气势,接着旋律便川流不息地荡漾开来,好似她在冬至那天迸发出来的勇往直前的勇气、毅力和锐气。蓦然,跳跃,奋进,旋转,如芭蕾舞者般急速地跃动,上台阶,俯瞰众生。倏地,又是时而强奏,时而悠扬,时而逶迤,千姿百态,颤声阵阵,蜿蜒悠长。夸张的颤音,诡异的旋律,魔鬼的感觉。然后就是双音双弦,上下颤动,华丽对话,最后的一段绚丽华彩乐章,给人一种悲壮之感,使人内心为之震撼。

苹果痴迷了。我也得意非凡。主人仰脸凝视说:"这就是我和魔鬼的对话。怎么样?"

苹果盯着主人,崇拜道:"顾,你吹奏时,情真意切,面若桃花!哦!你手指也太灵活了,乐感也肯定赛过了三个我。看来,我是无法像你一样追赶上魔鬼去交流了。"

嘿嘿,我看到,两个小女生拉起了小指,大拇指肚终于黏在了一起。

被风吹走的夏天

秦 俑

对我来说,那是我生命中最难熬的一个夏天。

那天是高考分数线出来的日子,我没有跟家里人说实话。我说还得几天时间呢。他们对我的话深信不疑。我的父母一大早就得去地里干农活。父亲头上的白发越来越多,他常跟我们兄弟俩说,秋天的收成怎样,就看这一季的努力了。哥哥大我四岁多,上完初中就跟人去东莞打工,今年春节回来,承包了村里的制砖厂,经常忙得连饭都顾不上回家吃。

吃过午饭,我心神不宁地将牛牵到屋后的山坡上,选好一片青草地,将牛绳拴在树上,然后去了离村子三里地外的一个食品批发部。在那里,有离我们村最近的一部公用电话。为了能在我家的牛将树周围的草吃完之前赶回来,过去时我几乎是一路小跑。但回来的时候,我完全忘了那头拴在树上的牛,我的腿里一定是灌满了铅,要不我怎么会觉得回家的路这么长?

离最低录取线差了两分。我不知道该怎样将这个消息告诉我的家人。我走走停停,停停走走,最后坐到了村口的桥墩上。村里的一个邻居大妈挑着担子走过我的身边,大声提醒我,小心别掉河里头咧!我没有回头,我怕我一回头泪水就会忍不住。我心里想,如果真的不小心掉到河里,我就不用发愁怎么面对我的父母和哥哥了,我就不用再看到他们脸上露出失望的样子了。

不知坐了多久,我并没有不小心掉到河里。天色渐黑,四周响起此起彼伏的蛙鸣声。我一步一步地往回走,走到家门口,看到大门上挂着一把大铜锁。家里没有一个人,邻居说家人都出去找我和我家的牛了。我一口气跑到山坡上,牛果然将树周围的草啃了个精光。趁着月色,我看到我爸我妈还有我哥牵着牛从村子南边往家里走。他们的脸色一定很难看,因为他们只是找到了闯祸的牛。它从北边跑到南边，溜进别人家的菜园子，吃掉了半园子玉米苗。

我又一口气跑回家，母亲正红着眼睛在淘米。父亲坐在炉边抽水烟，他一见我，就将烟斗重重敲在炉沿上，大声呵斥着，养你这么大，连头牛也看不好！哥哥赶紧将我推进卧室。我一晚上都没有说话，也没出去吃饭。母亲进来看过我几回，她不停地摸我的额头，担心我是不是生病了。哥哥给了我一个饼，是二叔家烙的。他问我是不是出成绩了。我背着脸说，还没呢，还得几天。

第二天我起了个大早，我跟父亲说，我想去哥的制砖厂做工。父亲的气还没有消，头也不抬地说，连个牛都看不住，你能做什么？我对父亲的轻蔑感到非常不满，干什么都行，就是搬砖块我也愿意！就这样，我去了我哥的制砖厂做工。哥哥告诉我，砖块刚烧出来时很脆，需要从窑里搬到窑外，经过日晒雨淋，消掉一身的火气，才能砌墙。我具体的工作，是将窑里烧好的砖一块一块搬下来，码到担子上，再由力气大的一担一担挑出去。窑里很闷，砖面很糙，不大一会儿，我全身就湿透了，手心也磨出三四个血泡。哥哥心疼地将他的手套摘下来给我，可是依然不管事，锋利的砖棱儿还是不小心划破我的手套，又划破我的手指。我没有吭声，身体上的疼痛可以让我暂时麻木，忘却分数的烦恼。只有等晚上回到家里，一个人躺在床上，我才重新清醒过来，翻来覆去地睡不着。

那一年我十七岁，一米七四的个头，瘦得跟豆芽菜似的。一个多月又苦又累的工作并没有让我变得更瘦，相反我感觉自己一天一天愈加强壮，就像地里疯长的玉米苗一样。半夜的时候，我经常会听到身体里有"咯吱咯吱"的声音，那是我的力气在增长。我一直没有勇气说出高考结果。很奇怪，他们也没有再问。有好几次，在跟父亲和哥哥说话时，我试图往这个话题上引，结果他们都将话岔开了。也许他们早就猜到结果了吧，也许他们从来都没有对我抱有希望。我的话变得越来越少，也不怎么爱出门去疯了。邻居大妈见到我，说我变黑了，长大了，像个男子汉了。我偷偷对着镜子看过自己，看上去有些陌生，嘴唇上都长出了一溜儿浅浅的胡楂。

下过一场雨，天气开始转凉。是九月初的一天，父亲一大早叫醒我。起来吧，今天该去上学了。母亲已经准备好了被褥，上面还散发着前几天晒进去的太阳味儿。哥哥将学费交到我手里，说是给我这一个多月的工资。父亲照例背着铺盖，送我到村口的桥头。父亲说，天气凉了，你在学校要注意

身体。我接过背包，走在了通往复读的路上。一阵风吹过，我积蓄了一个夏天的泪水终于忍不住飞落下来。

村庄渐渐地远了。这个夏天，也渐渐地在我身后远去了。

化　妆

秦　俑

　　上大学那会儿,女生都爱扎堆儿,你三个一群,我五个一伙,一块儿上食堂吃饭,一块儿到图书馆晚自习,甚至闹起别扭来,也是拉帮结派的。

　　315 是新组合的宿舍,一共六位姐妹。新学期刚开始,就明显地分成了两派:一派五个人,吴莎莎、谭芳、曾丽、刘思琦,还有我;另一派,就只有陆小璐一个人了。

　　其实陆小璐长得很漂亮,她站到人堆里头,一眼看去,很容易就能找出来。这也就算了,偏偏她还特别臭美,每天都化妆,一大早就起来试穿衣服,弄得自己跟赶演出似的,衬得宿舍里其他姐妹都像"灰姑娘"。加上陆小璐很少主动与人说话,一到周末总有人开车来接,慢慢地,便与大家有了距离。

　　可是有一段,陆小璐突然变得无精打采起来,虽然天天还是一大早就起来化妆,试穿漂亮衣服,但她的精神明显没有过去好。睡在下铺的吴莎莎告诉我们,她经常半夜还听到陆小璐在上铺翻来覆去的。

　　我们都想,可能有什么事情要发生了吧。果然,从周一开始,陆小璐就没有回宿舍。刚开始几天,谭芳和曾丽还说些不着边际的风凉话,可时间一长,我们都开始担心起来。刘思琦是寝室长,想给陆小璐打手机,一问,才发现我们五个人都没有记她的手机号码。第二天,有人开车过来拿陆小璐的铺盖衣物。来人说,小璐特意叮嘱我转告大家,她要请假半年。

　　请假半年?我们都挺疑惑的,但这种事也不好细问。还是曾丽机灵,周一的时候,她去问辅导员。辅导员说,你们不知道吗?陆小璐请假做手术啊。

　　知道这个消息后,我们都很难过。虽然大家都不喜欢陆小璐,可她也不是什么坏人啊。刘思琦几个便四处打探她的消息,原来事情比大家想象的还要糟糕:陆小璐有先天性的心脏病,一直不敢做手术,最近检查,发现不能再拖了。按照医生的建议,她将要接受四次手术治疗,手术成功就可以恢复正常生活,但每一次都有很大的风险。

知道事情的真相后,宿舍里顿时安静了下来,连续几个晚上,都没有一个人说话。最后,还是刘思琦拿的主意,大家一块儿去医院看望陆小璐。

不知道为什么,那天我们的心都慌慌的。在白色的病房里,我们见到了陆小璐,她正认真地对着一面镜子描眼线,打腮红,涂唇彩。她的脸上看不到一丝临危病人的迹象。忙完了,她回过头来,一眼就看到了我们几个,脸上闪过一丝惊喜。接着她连忙将头背过去,说,你们来了,怎么也不通知我一声?过了一会儿,又缓缓地回过头来,说,其实很久以前就知道是这样的结局了,没什么啦,瞒大家那么紧,是不想让更多的人为我担心。

姐妹几个都不知说什么好。陆小璐仿佛又恢复了往日的神采,有说有笑地告诉我们,下午是第一次手术,进去可能就出不来了,所以一上午都在给自己化妆。我参加过别人的追悼会,殡仪馆的人化妆很差劲的,我可不想死得那么难看……

等了好几个小时,我们的脑袋里都是一片空白,甚至连互相对视的勇气都没有了。终于,陆小璐被人从手术室推了出来。手术很顺利,她安详地躺在病床上,仿佛睡熟了一般……

后来,我们陆陆续续地去过医院几回,也陆陆续续地听到她手术成功的好消息,大家都为她感到开心。这个陆小璐啊,真不是一般人,每次上手术台前,她都要给自己化妆,每次都是那么一丝不苟,就好像她要去的地方不是手术室,而是准备去赴一场晚宴。

但最后还是没能如愿。第四次手术前几天,陆小璐突发高烧,接着昏迷了几天,就再没有醒来。事情来得太突然,当我们接到通知赶到殡仪馆时,一个肥胖的女人正在给陆小璐化妆。

我们看着安安静静地躺着的陆小璐,她瘦了,脸上的颧骨明显地突了出来。那个胖女人正在给陆小璐描眉毛,她看起来一点也不用心,将一条眉毛画得弯弯曲曲的。我们都无声地哭了,平时最讨厌看陆小璐化妆的吴莎莎,突然很激动地冲上去,一把就夺过了那个胖女人手中的眉笔。胖女人露出一脸的不解。吴莎莎大声叫道,你怎么可以把她的眉毛画得这么难看!

胖女人很诚恳地说,不要难过,人死不能复生。吴莎莎哭着将眉笔丢到地上,说,她很漂亮的,求求你,你不可以把她的妆化得这么难看……

第二天是追悼会。陆小璐的亲属怕我们再次"激动"，就没让我们参加。那天是星期六，天阴沉沉的，我们315的五个姐妹静静地守在宿舍里，不知是谁先开始的，我们都含着泪、对着镜子开始化妆。我们用这种独特的方式，为一个叫陆小璐的美丽女孩送行。

捡糖纸

夏 阳

我七岁那年,湘云回来了。

湘云是我们村嫁出去的姑娘,一家人生活在上海。这次,趁着休探亲假,带先生、女儿回娘家住上一段日子,算是衣锦还乡。

我当时不明白湘云口里的"先生"是什么意思,看着她轻声细语地唤她带回来的那个男人,便感觉和我们父辈称呼学堂里的老师为先生是两码子事儿。湘云的先生很讲究,穿雪白的衬衫,笔挺的西裤,身上散发着一股淡淡的香皂味,喜欢坐在院中樟树下的摇椅上看书。每次看书前,他都要洗手,洗完后,再用雪白的毛巾擦干。这让我们一大帮解完手用干稻草或南瓜叶擦屁股的村人大开眼界。

湘云刚回来那阵,村里很多人都去瞧新鲜。刚在水田里劳作完的村人,还没来得及洗净脚上的泥巴,便往湘云的娘家凑,一边抽着湘云散发的香喷喷的纸烟,一边看着人家一家三口白白净净、衣着光鲜。一脸菜色的村人尴尬地赔着笑,内心不由生出许多感慨。

我就是在那时盯上了湘云的女儿的。她叫榕榕,和我年纪相仿。用我今天饱经沧桑的眼光来看,不知道她长得是否漂亮。更可悲的是,我现在彻底记不起她的模样了。反正城里来的小女孩,在当时我这个衣不遮体的乡下孩子眼里,个个都是白雪公主,貌若天仙。

当我躲在门背后目不转睛地瞅着这个小女孩时,湘云善意地笑笑,直截了当地问我,要不要我们家的榕榕将来嫁给你?

要!我的回答,立刻招来哄堂大笑。

湘云不笑,严肃地问我,如果我把榕榕嫁给你,你打算怎么样对她好呢?

我挠了挠头,使劲地想,怎么样才算是对她好呢?我想了半天,还是想不出来。我一急，眼泪吧嗒吧嗒地掉，仿佛榕榕马上要嫁给别人了。

湘云和蔼地说，孩子，你别哭，你回去认真想想，想好了就告诉我。我给你三天时间。

我现在还清清楚楚地记得，那三天我是如何度过的。整整三天，我心里像着火一般。白天躺在夏阳冈的草堆里，流浪汉一样，望着天上的浮云发呆；晚上等娘睡下后，偷偷溜到夏阳河边，在河堤上来回踱步，踩碎了满地月光。银色的月光，在夏阳河面上拥挤、奔跑，喧声震天。

三天后，我如约站在湘云面前。我嗫嚅道，我想学会打鱼，每天给榕榕鱼吃。

湘云一怔，认真打量着我，问道，假如今天只打到了一条鱼，你会全部给榕榕吃吗？

会！

湘云又问，那你吃什么？总不能饿着肚子吧？

我想了一会儿，说，看着她吃得满意，我心里就饱了。

湘云点了点头，对旁边的人夸道，这孩子不简单，将来会有大出息。

我当时不明白湘云为什么会那样说，我只关心榕榕会不会嫁给我。看到未来的"丈母娘"点了头，我心里的石头刷一下落地了。我得意地想，娶了榕榕这样的城里姑娘，夏阳村的孩子就没人再敢小瞧我了。

以后，我每天明目张胆地去找榕榕玩，好像她就是我的。

榕榕说一口好听的上海话，软绵绵的，棉花糖一样，在我的心里漾出一道甜蜜的抛物线，让我如身处春天的花房，沉醉不醒。榕榕有一个爱好，就是喜欢收集糖纸。她搬出一个精致的木匣子，从里面取出一沓一沓的糖纸，花花绿绿，摆在我面前，说，可漂亮呢。我面对如此众多的糖纸，惊羡不已。我擦了擦鼻涕，像一个大男人一样豪气冲天地对她说，我一定要给你更多更漂亮的糖纸。

榕榕很乖地点了点头。

从此，我开始了我的捡糖纸生涯。

我像一条狗一样在村前村后、田间地头到处转悠，连路边的垃圾也不肯放过，只要发现是鲜艳的纸片，就捡回去交给榕榕。学校操场，村卫生站，唯一一家蓬头垢面的杂货店，都是我重点盯防的场所。那是一个物质匮乏的年代，很多人家连饭都吃不饱，哪有闲钱给小孩买糖吃？所以，尽管我非常努力，但收获甚小，偶尔捡回来几张，也是千篇一律的一分钱一块的水果糖糖纸,脏兮兮的,让我不敢面对榕榕失望的眼睛。

那天上午,我又在杂货店门口转悠,发现店里新进了一种高粱饴糖,三分钱一块,糖纸红艳艳的,煞是好看。我喜出望外,这种糖纸,榕榕是没有的。

我犹豫了好一会儿,悄声闪进家门,掀开米缸盖,从米里面挖出一个小布包,颤抖着从娘为数不多的角票中抽出一毛钱,悄悄出了门。

娘正在门口舂米,她似乎发现了什么,停下手里的活儿,目光锐利地盯着我。我低着头,攥钱的手在兜里直哆嗦,哆嗦了一阵,我一扭身,撒腿向杂货店跑去。

我买完糖,牛气冲天地直奔湘云的娘家。一进门,我大声喊着榕榕的名字。湘云的娘告诉我,一大早,榕榕全家就回上海去了。

集火花

夏　阳

我从来就没见过我爹。

有人说我爹跟别的女人跑了，有人说我是私生子，人家不认我们娘儿俩，还有人说村里谁谁是我爹。为这事，我专门问过我娘。娘正在煤油灯下补袜子，听见我的问话，身体一抖，针扎在手指上，绿豆大的血珠涌了出来。她将受伤的手指放在嘴边吮着，吮了一会儿，冷冷地说，死了。哦，原来我爹死了。娘的话，我信。

但是，狗蛋他们不信。每次考试成绩出来后，狗蛋他们会找个没人的地方，把我推搡在地，然后把我的书包抢过去，一边往天上抛，一边起哄，野种！

我挣扎着从地上爬起来，争辩道，我不是野种，我有爹，只是我爹死了。

谁说你是野种？我们点了你的名字吗？狗蛋他们一脸坏笑，把我按在地上，一顿拳打脚踢。

我就是这样，从小饱受村里同龄孩子的凌辱。其实，我知道他们之所以揍我，不只是欺负我没有爹，还因为我的成绩太鹤立鸡群，语文、数学考试每次都是满分，让他们难堪。他们在进家门饱受父母一顿揍之前，先围住我这只"鹤"，集体报复一通。报复完了，再在我散落一地的书本上，狠狠地踩上几脚，留下一地鸡毛般的嘲笑。

每次挨打后，我习惯在野外游荡，磨蹭到天黑了，才小心翼翼地溜进家门。娘还是发现了，惊问我鼻青脸肿的是怎么回事。

我靠墙站着，低着头说是自己不小心跌的。有时，这个谎言很难自圆其说，我又开始下一个谎言，说偷了同学的铅笔或者橡皮，被他们抓到了，挨了一顿揍。我知道，我一定不能说是因为自己成绩好挨打，否则娘会心如刀割，痛不欲生。

娘信以为真，坐在灶前难过地抹着泪，一边将风箱拉得山响，一边数落着我不该人穷志短，该打，打得好，打了会记得住。娘的唠叨，像屋外没完没了的夏阳河水，哗哗哗，需要一个很长的过程。

昏暗的煤油灯下，我和娘的影子，孤单地挂在四壁空空的墙上。

这就是我的童年。

在整个夏阳村，我没有玩伴，除了胖墩。胖墩是我的同桌，村主任的儿子。

胖墩找我玩，是因为我的成绩骄人。每次考试，我都主动让给胖墩抄，所以他的成绩不差。当然，老师知道我们之间的秘密，但是老师不敢管。老师是民办老师，问村主任要工资。如果胖墩的成绩不好，村主任就会大发雷霆，大发雷霆后，老师的工资可就悬了。当我把自己的分析告诉胖墩时，胖墩得意地笑了，从此抄得更欢了。

胖墩作为村主任的儿子，性格孤傲，不屑和一般人玩。我承认，我和胖墩玩，主要是没有人愿意和我玩，而胖墩是村主任的儿子。我的潜意识是想告诉狗蛋他们，不是你们不愿意和我玩，而是你们根本就不配，在整个夏阳村，只有村主任的儿子才有资格做我的朋友。

胖墩读书成绩不好，主要是心思根本就没用在书本上，胖墩迷恋收集火花。

火花，就是火柴盒上的贴画。很长一段时间里，我一直在纳闷胖墩为什么会有如此雅好。直到有一天，我在胖墩家里，有幸见到了他的表弟，才揭开了这个谜团。胖墩的表弟更胖，他把几个硕大的铁盒子豪气地摔在我们面前。一打开，里面全是火花，红彤彤的，各式各样，蝴蝶一般斑斓精美。我敢保证，很多人活了一辈子，也不一定见过如此之多如此之漂亮的火花。同时，我也明白了，胖墩收集火花，原来是进贡给他表弟，他表弟是县公安局局长的儿子。胖墩表弟的口头禅就是：你妈的再不听话，我叫我爸爸带人来抓你。

从此，我也开始集火花了。

我集的火花给了胖墩，胖墩再送给他的表弟。

那时，家家户户都在用火柴，所以只要用心去收集，常常会有意外的惊喜。像我以前为榕榕收集糖纸一样，除了时刻高度关注田间地头、店铺学校、路边垃圾以外，就是家家户户灶前放火柴的窟窿眼儿。每次走亲戚时，我进门的第一件事就是蹿到人家灶前找火柴盒。很多人家里的火柴，两面都是光秃秃的，上面的火花，被我小心地撕走，再被我送给胖墩，转而又被胖墩巴结给了他的表弟。

前前后后，四年多的时间，我大概为胖墩收集了数百枚火花，直到我和胖墩翻脸的那天为止。

那天，我家的牛不小心进了胖墩家的田里，啃坏了一些禾苗。胖墩的爹，气势汹汹地冲进我家，没说上几句话，便将我娘猛揍了一顿。看见娘躺在床上忍气吞声地抽抽噎噎，我顿时傻眼了。我很难接受。凭着我和胖墩这么好的关系，凭着我给胖墩抄了这么多年的作业和试卷，凭着我给胖墩收集了这么多年的火花……不就是几棵禾苗吗？胖墩爹怎么能随便打我娘呢？

我找到胖墩，让他去说服他爹，算给我一个面子，对我娘赔个不是，否则狗蛋他们肯定会笑话的。

胖墩撇了撇嘴，仰着头说，让我爹给你娘赔礼道歉，你以为你是谁呀？你妈的就不怕我表弟带公安局的人来抓你？

你怎么可以这样？我捏着兜里新收集到的一枚火花，看着胖墩扬长而去的背影，泪水涌了出来，嘴里不由喃喃自语。这时，我的身后，巷子的拐角处，传来一阵嘎嘎的笑声，鸭叫般刺耳。我回头一看，只见狗蛋他们撸着袖子围了过来。

我一咬牙，挺起胸膛，抡着书包挥舞不止，威风凛凛，如一名战士。

偷邮票

夏 阳

我一进入初中，便对学校深感费解。

小学毕业考试，我是全镇第一名，是以"状元"的身份进入镇初中的。我之所以说是进入，而不是考取，是因为开学后，我惊讶地发现全镇最后一名的胖墩竟然和我同班，而且还是班长。

宣布胖墩担任班长时，班主任杜老师是这样解释的，胖墩虽然学习成绩不太理想，需要努力和加强，但在同学里面有威信有号召力，非常适合做班长。杜老师说这句话时，很多同学在下面掩嘴偷笑，也包括我。其实大家都知道，胖墩和我翻脸以后，成绩一夜之间一落千丈，毕业考试考了个全镇倒数第一，被他当村主任的爹骂了个狗血喷头。村主任骂完后，送了两条好烟给镇初中的校长，接着又送了两瓶好酒给杜老师，就这样把胖墩送进了初中，还做了班长。

村主任在村里大放厥词，说，读书好有卵用，班长还得老子的儿子来当！显然，这话是有意说给我娘听的。我娘听了，流了半天的泪，一个劲地埋怨我爹不该撂下我们孤儿寡母受尽人家的欺负。娘絮叨累了，又抚摸着我的头说，崽啊，好好读书。班长不能当饭吃，我们不稀罕。

我表面点了点头，心里却冷笑，凭啥不稀罕？就凭他有一个当村主任的爹？我是全镇第一名，班长理所当然该是我的。

开学没几天，我就发现杜老师不是一个称职的班主任，除了上几节课以外，他对我们班几乎是不闻不问，把所有的事务都交给了胖墩。杜老师痴迷集邮，整天沉浸在他的方寸世界里。

胖墩似乎把他全镇倒数第一的过错都算到了我的头上，到处找我碴儿。班上轮值日，扫地擦黑板，别人是一人一天，我是接连干一个星期，理由是我个子高，理应多轮几天。我觉得不公平，偷偷跑到杜老师住的房间里请求调整。杜老师眼睛盯着邮票册，皱了皱眉，说，做人要有奉献精神，同学之间亲如手足，怎么能斤斤计较呢？

我哑然。

最可气的是，胖墩还联合成绩同样一塌糊涂的狗蛋，拿我和榕榕当年的事开涮。课间活动时，他们两人经常当着全班同学的面，摇头晃脑，像说对口相声一样。

胖墩问，要不要我们家的榕榕嫁给你？

狗蛋响亮地回答，要！

全班哄堂大笑。这刺耳的笑声，让我恨不能立即找条地缝钻进去，也让班上另外一个同样叫榕榕的女同学面红耳赤。榕榕的目光像刀子一样愤怒地剜着我。我无可奈何。我们已经被他们定义成"两公婆"了。

我偷偷跑到杜老师住的房间里去告状。杜老师眼睛盯着邮票册，皱了皱眉，说，身正不怕影歪。走自己的路，让别人说去吧。

我黯然。

几天后，我又偷偷跑到杜老师住的房间里，从衣兜里拿出几个信封给他看。这些信封里面都是空的，一直锁在我家衣橱的抽屉里。信封上的字迹俊朗飘逸，出自同一个人之手，是从一个陌生的叫青海的地方寄来的。信封上的邮票非常漂亮，让杜老师瞪大了眼睛，左看右看，爱不释手。我说，老师，你喜欢，就送给你。

杜老师喜出望外，说，很珍贵的。

我大方地说，没啥，你喜欢就行了。我想……

杜老师顿时紧张了，问，你想啥？

我结结巴巴地说，我想……我想我成绩这么好，不当班长，人家会笑话的。

杜老师认真看了我一会儿，说，是。是老师考虑不周，班长确实需要成绩好的同学来担任——火车头嘛，这样对大家的学习才有带动的作用。嗯，从明天开始，这个班长你来当。

我欣喜若狂，以至于杜老师吩咐我给他打盆干净的水时，我激动得连人带盆差点摔倒在地。

杜老师把信封泡在水里，好一会儿，才用小镊子将邮票从信封上小心翼翼地揭下来，然后把湿漉漉的信封交还给我。

我当班长后的第一件事就是调整值日。我和榕榕轮空，胖墩接连轮十天，狗蛋五天。我说，现在我是班长，我说了算。你们也不矮呀！另外你们成绩这么差，拖全班的后腿，理应多做点事情，为同学们创造一个良好的学习环境。

胖墩和狗蛋表示抗议，说要去告诉杜老师。

我笑笑，大手一挥，说，去吧，去吧，欢迎你们多提宝贵意见。

不一会儿，我看见胖墩和狗蛋从杜老师住的房间里灰溜溜地出来，心里别提多解恨。

胖墩和狗蛋为了报复我，又拿出了他们的绝活儿，开始在课间活动时说对口相声。这次，他们表情更夸张，表演更卖力。可是，等他们表演完，大家没有像以往那样哄笑，而是鸦雀无声，低头假装看书做作业，当他们是空气。

胖墩和狗蛋尴尬地戳在那里，像两根电线杆。

我站了起来，手指着他们，说，现在，我罚你们扫一个礼拜的厕所！以后再影响大家休息，我罚你们扫操场，信不信？我的话刚说完，立即响起了一片热烈的掌声。掌声中，榕榕敬佩地看着我。我心花怒放。

胖墩和狗蛋低着头，蚊子一样的声音，异口同声地说，我认罚，我认罚，我以后再也不敢了。

转眼周末，我回到夏阳村的家里，第一件事就是告诉娘，娘，我现在当班长了！

娘正在喂猪，闻言愣了一下，把手在围裙上擦了擦，激动地一把搂着我，说，崽啊，我崽就是有出息。

深夜，我正在睡梦中，被一阵哭声惊醒过来。我爬起床，循着哭声望去，只见娘坐在桌旁暗自低泣。我迷迷瞪瞪地问，娘，你怎么啦？

还怎么啦，这是你爹留给我的盼头，老天爷，怎么会变成这个样子?！昏暗的煤油灯下，娘指了指桌子上摊开的几个信封，泪眼模糊地说。

我看着那几个被自己偷偷塞回去的信封以及信封上被水洇开的模糊不清的字迹，头轰一下大了。

喝 茶

崔 立

一直以来,赵光明都有喝茶的习惯。

最早的时候是在下面的人怂恿下尝试着喝,可这一喝似乎就喝上了瘾,居然就喝了几十年。几十年过去了,赵光明也从台前退到了台后。

退休前,别人把赵光明叫赵局,可退下来后,尊敬些的,会叫声赵老,更多的人,都是叫老赵。被人老赵老赵叫着,赵光明心中总觉得有些不是滋味。

以前习惯被人供着,现在退下来了,赵光明还真有些不大习惯。附近的公园该去的也都去过了,就是那么一些花花草草的,看得都厌了。

一天,赵光明一个人闷闷地坐在家里喝着茶,老朋友钱聪明找上了门。钱聪明比赵光明早退两年,退之前,钱聪明也是一局之长。赵光明和钱聪明因为日常公务而相识,又因为都喜好喝茶,彼此就成为难得的好朋友。

钱聪明看赵光明满脸愁容,呵呵笑着说,老赵,是不是退下来不习惯了啊?赵光明看了钱聪明一眼,嗯了一声。

钱聪明拍了拍赵光明的肩膀,忽然叹了口气,说,其实啊,在两年之前,我也有和你现在一样的心情。不过,我们还是要学会给自己找乐子。钱聪明说着,指了指赵光明手中的茶,说,譬如你喝了几十年的茶,你知道这个茶的缘由吗?知道这个源远流长的茶文化吗?赵光明想了想,摇摇头。

钱聪明就从随身带来的包里掏了几下,递给赵光明一张听课证,微笑着说,这不,我给你报了一个茶文化的班,你可以去听听。

赵光明接过听课证,按着上面的听课时间就去了。

还别说,这茶文化课程赵光明一听还真听上了瘾,以前一直只是喝茶,喝各种各样的名贵茶叶,听了课才知道,这茶文化在中国可是有悠久历史的。有事没事的,赵光明还会和钱聪明闲聊,聊那些听过茶文化课程后的感悟,在感受中国茶文化博大精深之余又不得不感叹中国文化的伟大。

有一天,钱聪明去赵光明家坐时,喝着赵光明给泡的名贵茶叶,钱聪明忽然说,老赵啊,你还真喝得起啊。

赵光明也只有苦笑。其实退休前别人送的那些名贵茶叶早就喝完了。

赵光明让老伴去买过几次,可价格昂贵,老伴不自觉地嘀咕着:你不能喝点便宜些的吗?你又不是在任上,家里哪有那么多钱给你买茶叶啊?

可赵光明就是喝不惯那些便宜茶叶。一分价钱一分货,便宜茶叶真和名贵茶叶有很大的区别啊。

赵光明说了自己的苦楚。钱聪明听完,只是告诉赵光明,你该去再多听听课,感受一下茶真正的底蕴。

赵光明细细地研究着茶文化,但总觉得还有什么东西摸不透。

有一天,闲来无事,老伴让赵光明去外面的菜市场走走。这是赵光明第一次去菜市场。赵光明原本是不想去的,可看看老伴手上正忙着,也就去了。

赵光明按着老伴给的购菜单,去了摊位只是拿菜,也没问价格,要多少钱就给多少钱。赵光明拿着一堆菜正要走出菜场时,看到一个老头儿在朝自己笑。

赵光明有些纳闷儿,问老头儿为什么要笑。老头儿微笑着说,我一看你就是个有钱人。从你进菜场时我就看着你了,你买菜都不问价钱,摊主说多少你就给多少,这不是有钱又是什么呢?

在赵光明满眼诧异中,老头儿还拿给赵光明看他买的菜,很多都是奄拉的菜叶。老头儿说,其实我们小老百姓买菜,无非也就是吃个饱,当然是挑最便宜的,甚至为了几毛钱和摊主反复还价。

在老头儿滔滔不绝地说话时,赵光明脑海里突然跳出了一个想法:其实自己喝茶,也不就是喝个心情而已吗?茶叶的好坏,真的有那么重要吗?

赵光明给钱聪明挂了个电话,说,老钱,我终于明白你所谓的真正的茶文化了。喝茶并不是喝茶的好坏,是一种喝茶时的心境。电话那端的钱聪明很爽朗地笑着,说,明白就好啊,呵呵。

赵光明转身时,看到身后的老伴,也在朝自己微笑着。

心　事

崔　立

从那位新调来的年轻女老师刚走进教室的那一刻起,少年就不由自主地对女老师有了关注。

那一年,少年十四岁,正念初二。

女老师像是从电视上下来的一样,漂亮动人,声音柔柔的,如一阵春风般轻轻拂过少年还不成熟的心田,荡起丝丝的涟漪。

女老师教的是语文。语文一直都是少年最感乏味的课程,少年总是在上课的时候翻着那些武侠小说来打发时间。

而现在不同了,少年觉得女老师本身就吸引着他,继而她教的语文也就充满了诱惑力。少年开始认真地看起语文书来,按照女老师的要求,一页一页翻着,默念着那原本枯燥的文言文。

就在那个晚上,少年做了个梦,梦见女老师轻唤着他的名字,向他走来,并且告诉他,要好好学习。

然后就有一天,女老师上完课走出教室时,少年在走廊里悄悄对老师说了句:老师,我喜欢你。不等女老师反应过来,少年红着脸匆匆离开。

再见到女老师时,少年明显有了羞涩,不敢直视女老师,甚至在女老师上课走过少年身边时,少年都会不自觉地低下头。

可少年的语文成绩却在不知不觉间突飞猛进。任谁也无法想到,以前语文成绩总要拉班级后腿的少年,居然一下子步入前十之列。

女老师似乎看出了其中的端倪。女老师把少年叫到办公室。少年一声不吭地低着头,女老师轻轻拍了拍少年的肩膀,说,其实你的语文底子不错的。我看过你上学期的成绩,那时你是全班四十多名,而短短一个学期后,你已经是全班前十名了。这可不是一般人能够做到的。

少年没说话，只是静静地听着。

之后的班会上，女老师还做了个让人意外的决定，由少年担任本班的语文课代表。这个决定令少年惊讶不已。

少年的语文成绩又有了显著的提高，不仅每次测验都能夺得全班第一，少年的作文《一个孩子的梦想》还在全县的作文竞赛中荣获二等奖。

看到孩子有这样的成绩，女老师觉得很欣慰。

那一天，女老师抽开她那个带锁的抽屉，看到抽屉里静静躺着一封信，信是通过抽屉的缝隙塞进来的。信是少年写的。那封信，饱含了少年充沛的情感，看得女老师目瞪口呆。轻轻合上信，女老师甚至在想，自己之前的引导算不算是个错误呢？

女老师叫来了少年。女老师指着那封信问少年，知道什么叫爱情吗？

少年异常坚定地点了点头，说知道。

那爱情又是什么呢？女老师继续问少年。

爱情就是付出。少年说。

女老师呵呵笑了，那你能答应我考上县高中吗？并且在考取县高中之前，不能有别的任何想法。

少年想了想，更坚定地点头，说，可以。

少年果然就像是吃了定心丸一样，一门心思地上课，学习，成绩也是扶摇直上，稳居年级前列。偶尔，少年也会专注地盯着女老师的背影看，但少年不敢正面去看女老师，少年很看重承诺两个字。

少年拿到县高中录取通知书那天，一个人来到了县城想放松一下自己，巧的是居然在大街上看到了女老师。让少年感到沮丧的是，女老师居然和一个男人很亲密地站在一起。少年的心不觉就隐隐有了恨。少年悄悄地尾随着女老师他们，少年很想问个究竟。

走了很长一段路。在那一条长长的空巷子里，少年不期然地听到了女老师和那个男人的对话。

男人问女老师，怎么样？现在可以把婚礼办了吧？为了你那学生，拖了我们一年半的婚期，你觉得值得吗？

女老师微笑着，说，当然值得啊。至少我没有让一个可塑之才在我的手中陨落。

少年那攥紧的手，不自觉地松开了。

少年又做了个梦,梦见自己长大了,遇见了一个比女老师更漂亮、更动人的女孩……醒来后的少年忽然想,自己是不是该好好祝福女老师呢?

写在女儿初潮的这一天

刘 玲

  我回家的时候夜色已深,你躺在姥姥家的小床上,睡得很熟。我把你摇醒,你没有像往常那样冲我做鬼脸,也没有打开我捏你小脸蛋的手,我壮着胆子去亲吻你,你竟然冲我一笑,接受了我的侵犯。

  下午你打我电话的时候,妈妈正在开一个不能离场的会,你羞赧的语气让我猜到,你一定遇到了成长的问题——你十二岁了,妈妈以为这个日子还在遥不可及的地方,还没有做好应对功课。妈妈是那样的不合格,我不知道该怎么解释,怎样去安慰你的惊慌。于是,舅妈代替我骑车到你的学校,给你送去你人生中作为女性的第一个隐私的物品,并教你怎么使用。

  这样一个特殊的日子,妈妈应该拥着你让你在我温暖的怀抱里睡得安然,但我希望这个成长的夜晚是属于你的。面对你此时的坦然,我更感觉自己言辞穷尽,我第一次用很像妈妈的语气问你,怕吗?你说,不怕,我早就准备好了。又给我一个甜甜的笑。

  这样的一个夜晚,我很想一个人回顾一下你的成长。

  这个过程仿佛倏忽一瞬,仔细想来,却是充满了婉转灵动和艰辛,整整十二个年头,该是多么庞大的内容。

  你出生在一个飘雨的秋季,那个夜晚清凉寂静。现在想来,那是你唯一的一次不跟妈妈配合,使我这个别人眼里能干的妈妈没能顺利地生下你,你给妈妈的身体留下了一道永久的痕迹。慢慢成长的你,经常抚摸着妈妈肚子上的那弯月牙,嘲笑自己的渺小,妈妈,这么小的口子就能取出我?

  刚刚出世的你是那样的懒,像一只贪睡的小猫,现在想来,那是你的乖巧。妈妈最清闲的人生时光,竟然是养育你的初期。面对突然降临的小生命,很多妈妈患上了产后抑郁症,但是,我没有。你像一个有遥控装置的布娃娃,我想让你睡觉就让你吃奶,我想让你拉撒就拽你起来,我想逗你玩就抱你在窗前看风景,你是那样的配合,以至于我认定你长大后一定是个缺心眼的孩子。

如果那个时候的你有记忆,你一定问过我,为什么很少见到爸爸?我告诉你,你的爸爸很爱你,但是,他那样贪玩,他喜欢没日没夜地陶醉在外面的世界里,所以你很少看见他,妈妈也很少看见他。刚刚出生的你一定知道妈妈的痛,才没有出现奶水不够、深夜不睡、拉肚子发烧这些婴儿期常见的状况,我竟然在产假里看了很多经典大片,看了很多工作时间不能阅读的名著,看完积累了几年堆砌在床头的经典期刊。

最爱你的人肯定是爸爸妈妈,但是爸爸爱得有点特别,因为他自己还没有长大。如同对待变幻的人生他没有足够的心智担当,于是做了一些妈妈不能容忍的事情一样,他同样不能正确地对待你的出现和自己面临的抚养。妈妈坚信以后的他一定懂得担当,但那时候的妈妈是那样的年轻,我没有耐性等他,更没能帮助他成长。他爱你的方式很直接,偶尔回家他就拼命地亲吻你,等你会要东西了,他就牵着你的手去超市。在我的记忆里,好像只有这些片段。但是不久前,你给我讲了这样一件事,你说,你记得爸爸每次回家都是从一楼开始喊你的名字到三楼,然后说,小乖乖,给爸爸开门。你这样一说,我倒记得,因为我想忘记和你爸爸一起生活的细节,连这个也一同忘记了。

因为爱你,妈妈变得成熟起来。生你之前,妈妈也是姥姥宠爱的宝贝孩子,妈妈不会做饭不会做家务不会洗太重的衣服,又怎会养育孩子?可是妈妈做到了。几个月大的你,能吃能睡,白白胖胖,身上的衣服干净又时尚,带你到哪里,在我眼里,你就成了哪里最美的风景。当然妈妈的身子就变得很瘦弱,你知道的,咱们的家离姥姥家的距离,现在你都十二岁了,还是不愿意从姥姥家步行回来,觉得那是太远的一段路。可是,你几个月大的时候,妈妈抱着你这个包着小棉被的胖丫头,一下子就能走到姥姥家。妈妈就是这样带着你十二年,一双脚像丈量人生之路的尺子,不停地奔波。

姥姥在你的成长过程中,是最不能忽视的人。妈妈生下了你,但是,你长得高挑健康,那是姥姥的功劳。你五个月的时候,妈妈上班了,你的奶奶还没有退休,姥姥就成了你的营养师和保姆。妈妈没能给你完整的家庭,有人却对你的衣食给予了最周到的安排,那个人就是你的姥姥。

外公在你很小的时候患上了脑血栓,神志有时候稍显模糊。这个老头天天给妈妈打电话,问我们去不去吃饭,如果不去,他就假装犯病,或者装糊涂耍闹,为的是能把你这个小宝贝抱在怀里。你闹夜的时候,你的外公很欣喜地就抢到了你,在大家都睡着的时候,他终于把你霸占,抱着你彻夜不眠地哼歌。

你现在经常在姥姥家"混迹",没有生疏感,那是因为你还有一个好舅舅和宽容温情的舅妈。你稍大的时候,有过几次虚惊一场的病症,都是你的舅舅在妈妈上班的时候,开车带你到医院做全面的检查。妈妈是粗线条的妈妈,我不知道小孩儿是要经常剪指甲的,小手的指甲小脚的趾甲都要常剪。做这个工作的是你的舅妈,与你没有任何血缘关系,只是缘于嫁给了你的舅舅,就那样包容了你,用当时她还没有为人母的品格温暖着这个小小婴孩。直到自己的女儿出世成长,她仍一如既往地爱着你。这个,你能体会得出来。

再说说奶奶这边的人。虽然我和你的爸爸分开了,但是我们一直和你的爷爷奶奶很亲密,我更要求你记住这份血脉亲情,因为那是你生命中最不能剥离的烙印。你的名字是奶奶起的,那个爱着你也爱着我的你称为奶奶的女人,在这个家里,她给了我们很多温暖。为了你的名字,奶奶冒雨骑车几十里,打听到掐八字的瞎子家,带回了这个"涵"字,于是,你开始了有记录的人生。你的奶奶不是细致的女人,每次她都是大把地抱你,狠狠地亲你,给你喂饭的时候用手重重地刮你粘着饭粒的下巴,逗你开心的时候,大声地笑甚至夸张地蹦跳,她是那样的爱你。

爷爷当兵出身,喜怒不形于色,但从你上幼儿园开始,他就每天跟着学很拗口的普通话,用童声讲笑话。你经常把屎拉到爷爷身上。我们轮番抱你,你都没有动静,等到爷爷的时候,你就干坏事。现在的你,其实有些伤爷爷的心。爷爷画的画多好,写的毛笔字多好,为了教你,爷爷每个周末都给你做好吃的让你来,可你只吃了他做的饭,宁愿自己琢磨也不愿当他的学生。我们路过爷爷家的楼下,很多次都能遇到他在阳台上喊你,难道爷爷为了能看见你一直站在那里?

有一段时间,你一直不愿意承认你长得像姑姑,那是因为在你很小的时候,姑姑是个任性的女孩子。但是,现在的姑姑有了自己的家有了自己的孩子,工作也很出色。当然,即使在她任性的那个年龄,姑姑也是爱你的。你的眉眼和姑姑最相像，仅这一点我就感谢她，漂亮高挑，这是我所不能达到的。姑姑从心底认为，你的人生缺失父爱是自己的哥哥犯下的错，她甚至会在六一节给你一百元钱，而不是仅仅在新年的时候。你现在和她很亲近，这是妈妈愿意看到的。

说起爱你的人，一定不能忘了保姆奶奶和保姆爷爷。妈妈很庆幸在你一岁半的时候，偶遇了善良的老两口。妈妈在那个时期接手了一项很烦琐耗时的工作，又逢舅舅的孩子也就是你的妹妹要出生，只好给你找了保姆。妈妈每天早上把你送去，中午接回再送去，晚上再接回。妈妈去接你的时候，有时候你在奶奶家的石凳上玩泥巴，有时候你就在屋前的水泥地上爬坐，妈妈一点都不怪罪奶奶把你带脏了。你的保姆奶奶每天都命令爷爷跟着家里那只不听话的小母鸡，怕它调皮把你的口粮叼到别处。你后来再没有吃过那样细碎金黄的蛋花儿汤。你上幼儿园了，保姆奶奶心里割舍不下你，几次跟我提起，不要钱，愿意每天接送你。但是他们的身体越来越差了，妈妈不忍心烦劳老人家。那天打扫，你从柜子里拿出的那台小收录机就是保姆奶奶给你买的。今年过年，我们又去看了双双患病的老两口，他们已经不认识妈妈了，但看到你，奶奶哭了，不是吗？

你上的第一个幼儿园，就是妈妈现在工作的地方。如今我闲暇时站到院子里，恍惚会看到一个扎两只羊角辫，穿白色背带裤的小女孩磕磕绊绊向我跑来，有时候从这个班里跑出来，有时候从那个班里跑出来——你读过两个班，一楼东和二楼北。我经常翻看学校的档案，有几次很惊喜地看到了你的照片，在画画，在游园，那是我不熟悉的你在学校生活的场景，我偷偷地拿出来扫描带回了家。

妈妈做的最大胆也是最不后悔的一件事，就是在你五岁的时候，把你送到了市区的一所幼儿园。等你适应了良好的语言环境，能说一口流利的普通话的时候，我才在全家人的责骂声中结束了这段虐心之旅。多年以后，你还心悸地向我提起你在幼儿园寄宿时很多个想念妈妈的夜晚和面对茫茫黑夜的恐惧。但是，你看，自此以后你有多少次机会站在舞台上，妈妈想说，那样的锻炼有多可贵多重要。

小学时，你上了县城里的一所私立学校，就是现在你读的学校，收费很高，九年义务教育已经开始实施，更显得收费的突兀。临近的小学里只有这所学校中午能吃饭，工作繁忙的妈妈是因为这个才选择了这里。你在这里读书的时候,已经有了自己的记忆,相信自己能回顾小学阶段完整的心路历程。在这里,你开始真正地接受知识,开始有了自己的朋友,学会了判断,学会了选择,也经历了人生道路上这个年龄的一些沉重打击。我很欣慰的是,你读书读得很快乐很轻松,每天都早早起床,放学回家的时候,你总是在笑,你很快乐,这就够了。

马上你就要读初中了,妈妈身边有朋友把孩子送到外面读书,但我决定把你留在身边,就送到妈妈毕业的时候分到的那所中学。我们不能回避这样的现实,单亲的你没有别人的条件。最主要的是,在你的叛逆期,妈妈不想错失给你的引导:如果妈妈没有尽到责任而使你走错了路,妈妈的余生都会叹息。还有一点,妈妈是个自私的妈妈,离开你我不知道该怎么办,谁来跟我抢零食?谁来藏妈妈的拖鞋?谁在妈妈累的时候偷偷地把水池里的碗筷洗干净了?谁来嘲笑妈妈的不漂亮但又自恋?谁来跟我抢电脑,抢到了又很懂事地看妈妈喜欢的片子?

现在你暂时看不到这篇文章,妈妈才敢说下面的话。关于你的大学,妈妈不再纠结于那些名牌,那些大多数孩子无法企及的重点学府。那些大学你很可能考不上,这没什么,真的,我们书写人生的方式不是雷同的,对于孩子的教育妈妈们做得也不一样。你很不幸,你遇到了一个不愿放弃梦想的妈妈,她热爱旅游热爱摄影热爱文字热爱工作,朋友很多,除了工作应酬,还有不间断的朋友聚会。妈妈没有像很多孩子的妈妈那样陪着你寒窗苦读,妈妈很少给你分析试卷分析名次,没有给你定赶超目标。家长会的时候,妈妈突然被点名要求传授育儿经验,妈妈一下子怔住了,我在你身上到底有多少规划和用心,你的优秀有多少是我这个妈妈的功劳?

学中文的妈妈是个狡猾的妈妈,在你读幼儿园的时候,开始编造一个杜撰的哲理。妈妈告诉你说,在这个世界上,男女相爱了就要结婚生孩子,如果不爱了,就要分开,那就是离婚。离婚和结婚一样正常,是法律允许也是所有的人能够接受的。孩子当然要离开爸爸或者妈妈,但是他们永远都会爱着这个孩子,离开的那一个比在身边的时候还要爱。我给你植入了这样的理念,你表现得很能理解,妈妈就赶忙在你就要五岁生日的时候,带着你离开了你的爸爸。当我告诉你的时候,你当然没有哭,竟然轻松地摊了摊小手,说,哦,分开了。妈妈是那样残忍的妈妈。

妈妈一次不落地参加你的汇报演出和班会,因为你的表现总是让妈妈心生骄傲。但是妈妈没能参加你的班级运动会，因为那个运动会的每一个活动都需要爸爸妈妈一起参与。妈妈第一次缺席了你的舞台，当然，你也第一次不能体会集体活动的快乐。

你没有告诉过我，但是你一定承受过班里那些可爱的但是不懂事的孩子的议论，单亲的没有父亲保护的女孩子，一定是孤独而没有踏实感的。

你多么希望能和有爸爸陪着看电影的孩子一样，体会一次惊悚片的悬疑和刺激；雨雪天，你故意不看那些有爸爸开车接送或者能躲在爸爸宽大雨衣里的同学；有一次你竟然很惊喜地告诉我，你的一个好同学也是没有爸爸的孩子……

在很多人眼里，妈妈为你做了很多，妈妈是个了不起的妈妈。其实妈妈是自己贪玩，妈妈想看海的时候，带上你就去看了；妈妈想看小桥流水的时候就去看了；妈妈想漂流的时候就去了，奥运后妈妈想看盛装的北京于是就去了，妈妈想体会世博的宏大和传说中排队的煎熬，于是不畏酷暑就去了；妈妈突然想隐身古城的宁静和深厚，于是不顾大雨滂沱就去了西安；妈妈在网上看到了美丽的阳朔，想置身很国际化的西街，不由分说就去了……这些突然而起的念头和紧跟着的行动，都与你连在一起。我带着你走遍了附近上榜的甚至不知名的未开发的景点，更是走到了更远更深的地方，以后的我，还要行走，如果你愿意，我当然允许你在我的左右。

从你开始接触学习，妈妈就没有坐在你身边辅导过你。你不会做题的时候，我能容忍你在那里啃指甲，挠头，但我不允许你碰到难题就叫我。刚开始的时候，你是想这样，但是被我拒绝了，我说我也不会怎么办？感谢妈妈吧，我把独立思考的机会和独立解决问题的能力给了你，而不是你需要我的时候，我永远都会及时出现。到现在，我对你的要求还是不管怎样最终要独立地把作业做完做好，你从开始的无奈到现在的更无奈，谁让自己的妈妈这样懒惰？

不要问我你的铅笔在哪儿，不要问我你的玩具车在哪儿，不要问我今天梳什么发型，不要问我今天穿什么衣服，不要指望我给你收拾书包。一起进门的时候，是你给我拿拖鞋，牛仔裤那么难脱，你得先给我拉下来，我再给你拉……

说到未来我能给你什么，妈妈其实很有压力。妈妈是个小聪明的妈妈，我现在还在祈祷最起码十五年之内的男婚女嫁，不要变成女方准备彩礼和房子。因为有这样的恐惧，我才给你写成长博客，拍照片写注释，留影像资料。这是我这辈子专注最长久的一件事，我实在是怕你出嫁的时候，我拿不出一文钱来给你压箱底。当然，我更祈祷你的丈夫是个有品位的人，他会感激我送给他的是从你出生到出阁的所有资料。这个，我只能祈祷而不敢肯定有这么幸运，我真怕你埋怨我是个不存钱的妈妈，把出阁的女儿打发得这么寒酸，而并不理解我的钱都给你做了前期投资——我畅游山水一直带着你，这需要很多钱。

你最先向往的工作，是有一天把湖南卫视的谢娜 PK 回家，担当娱乐节目主持一姐，所以你学主持表演的时候很努力。当然，你在我们这个小县城的主持界"出名"很早，与你搭档的甚至是地方电视台的金牌主播。我们不轻视地方台，那也是拼实力的。

我倒是愿意这样的梦想一直跟随着你，但你在二年级的时候突然决定放弃自己钟爱的主持行当，梦想着做一个浪漫的宠物医生，你甚至写了非常详尽的策划方案，勾勒了把宠物医院分院开到全国的宏伟蓝图。我惊惶万分，讽刺你，这样的话你现在是不是就可以辍学了？你对我在宠物方面知识的贫乏给予了深刻的挖苦，你说，妈妈眼里的宠物医生是什么？难道就是一个普通的给狗打针的人？没文化真可怕。

当我阅读了大量的资料，基本上可以接受宠物医生这个职业的时候，你突然又热衷做一个调酒师，并在百度里搜索出大量的酒文化资料。在离梦想还很远的这个年龄，你甚至开始担心自己不适应酒吧的作息制度，你说，我还是没有勇气在那么喧闹的地方待一个晚上，然后是整个白天在睡觉，和普通人的生活不一样。

后来我又听到你说也可能会做空姐，也可能去当兵。现在的妈妈就是听到你长大了要去大街口钉鞋子也释然了，我跟你一样，无比憧憬将来的你到底会去干什么。

说你的爱情你的婚姻这个话题太早了，但是看着你竹子拔节一样迅速成长，我坚信不过几年的工夫就会面临这个问题。我当然希望你喜欢的男孩子一定是勇于担当的。妈妈在养育你的过程中，一直崇尚成人比成才更重要，现在的你看起来绝对是个讨人喜欢开朗正直善良的好孩子，我把我的英雄情结成功地系在了你的心上，我希望与你生活在一起的人是勇敢真诚的。

　　但是，我还是有一点担心。妈妈影响下的你，没有物质上的过分钟情，那样的话，你可能会对一个人品好的穷小子动心，等待他这个潜力股鱼跃龙门。这多少还是让妈妈有一些担心，妈妈有比你更炙热的梦想，因为妈妈是那么希望你有一个衣食无忧的未来。

　　当然，有时候在街边买菜买饼或者看到其他做小生意的人，我就想，如果女儿以后真成了挣扎生活的人，只要和你在一起的那一个是知冷知热的，我也能够接受。我要你这一生一定体会到贴心的幸福，绝不能像妈妈，错失人生中最珍贵的温情。

　　现在的你喜欢李弘基、李民浩这些青春偶像，妈妈没有反对，对你提出的把他们的画册贴在床头的要求我也没阻止，妈妈也有过这样的钟情和青春的悸动，这说明你是个不脱节的孩子。当你步入青葱时光，你肯定会喜欢同班或者隔壁班的一个男孩儿，漂亮的你也会被别人喜欢，那时候你的神情一定逃不过妈妈的眼睛，妈妈愿意和你一起走过纠结着秘密和欣喜的花季时光。

　　今天这个特殊的日子，我很想给你留下些什么，于是我开始整理从你出生到现在每个时期每个场景下的相片，我不知道是真的还是我心里认定的，我认为你是那么漂亮而有气质，每个时期的你都是那么可爱。

　　你嘴里说出的第一个词语是"妈妈"，你最先学会的儿歌是幼儿园小班时的《大公鸡》，你迈出的人生第一步是在一岁零十天，你认识的第一个字是"大"，你的第一个书包是米老鼠图案，你拥有的第一辆自行车是绿色的。妈妈保存着你所有的奖状，你所有的课本，你穿过的每一件衣服妈妈都拍了照片，你说过的每一句话妈妈都记在了心上……最让我动容的是你的那段话，你说，妈妈，你一定要找到爱你的人，那个人一定要像《家有儿女》里的夏东海，我喜欢那样的爸爸。

　　亲爱的女儿，我很感谢这辈子我们能做母女，但愿你不会埋怨我，因为你十二岁之前与你并肩前行的只有妈妈，以后有可能还是这样或者会是其他样。命运是很执着的走向，任何人都无力逆转，如同接受你的出生不能挑拣，遇到这样的不合常理的家庭组合，希望你能理解。

　　今天你问了一句话，妈妈，你为什么说出现这种事情是成长？难道成长就是从流血开始？是的，就是这样。

母亲的作业

贺点松

驱车从千里之外的省城赶回老家,杨帆直奔县人民医院。

"我母亲得了什么病?严重吗?"他急切地问主治大夫。

大夫看看他说:"胃癌晚期。老人的时间不多了……"

杨帆顿时泪如泉涌。

出了诊室,杨帆立即用手机通知副手,从今天起由他全权负责公司事务。杨帆要在母亲最后的日子里陪伴在母亲身边。

父亲早逝,为拉扯他们兄妹四个长大,母亲受尽了千辛万苦。母亲的腹痛是从两年前开始的,杨帆兄妹曾多次要带母亲到省城医院检查,每次母亲都说:"不就是肚子痛吗,检查个啥,吃点药就好了,妈可没那么娇气!"母亲总是这样,生怕拖累儿女,生怕影响儿女们的工作。

杨帆开始守在母亲的病床边。母亲每天都要忍受病痛的折磨,杨帆就想方设法转移母亲的注意力,减轻母亲的痛苦。他跟母亲聊天儿,给母亲讲一些有趣的事情,用单放机让母亲听戏……有一天,他陪母亲闲聊时,母亲忽然笑道:"你兄妹四个都读了大学,你妹妹还到美国读了博士。可妈连自己的名字都不认得,竟然也过了一辈子。想想真是好笑……"杨帆脑海里立刻跳出一个念头,就对母亲说:"妈,我现在教你认字写字吧。"妈笑了:"教我认字?我都快进棺材的人了,还能学会?"

"你能,妈。认字写字很简单的。"

杨帆就找出一张报纸,教母亲认字——

他手指着一则新闻标题上的一个字,读:"大。"

母亲微笑着念:"大。"

他手指着另一个字读:"小。"

母亲微笑着念:"小。"

病房里所有的人都向这一对母子投来了惊讶、羡慕和赞许的目光。

隔了几天,杨帆还专门买了一个生字本、一支铅笔,手把手地教母亲写字。母亲写的字歪歪斜斜,可是看起来很祥和,很温馨。当然,母亲每天最多只能学会几个最简单的字。可是母亲饶有兴趣地让杨帆教她写他们兄妹四人的名字,写那几个字时,母亲满脸灿烂的笑容,不像一个身染绝症的人了。

一个月后的一个深夜,母亲突然走了。那个深夜,杨帆太累了,趴在母亲的床边打了个盹儿,醒来时,母亲已悄然走了。

母亲是面带微笑走的。母亲靠在床上,左手拿着生字本,右手握着铅笔。泪眼蒙眬的杨帆看到,母亲的生字本上歪歪斜斜地写着这样一些汉字:杨帆杨剑杨静杨玲爱你们。"爱"字前边,母亲涂了好几个黑疙瘩。

母亲最终没有学会写"我"字。

我凭什么在文坛拉杆子

谢友鄞

　　一个人，有一张好嘴，顶不济，也能混个吃喝。嘴好是福气，说的人，听的人，都乐和。嘴好不要身份，不要文凭，不要官位。庶民百姓，市井闲人，乡间无赖，备不住都能长一张好嘴。

　　我就不行，嘴拙。但我喜欢哨客，像淘药引子一样地寻觅他们。

　　哨客给我讲过一个故事：在老北京南城，有家中药铺叫"西鹤年堂"。这天夜里，有人敲门，要买刀伤药。伙计付了药收了钱，隔小窗口一瞅，这人有点脸熟，没等想起在哪里见过，那人一转身，就不见了。第二天早晨，伙计数钱入账，发现收的钱竟是给死人烧的冥币。伙计再一想那人的长相，原来是前几天在菜市口刑场被斩的犯人。

　　从此，老北京诅咒人，就会骂：去西鹤年堂买刀伤药吧！外地人不好明白的语言，人人都觉得有趣的故事，自有它产生的根基。

　　哨客说：在咱们边地，很早以前，就崇尚远行，带上猎枪，那时候野物真多呀。你在上风，野兔嗅不到你的馊汗味，嗅不到你的火药味。你居高临下，举起枪。野兔前腿短后腿长，要是朝上坡跑，身体平衡，跑起来飞快。但它背对你，向下坡跑，前低后高，像袋鼠跳跃，每蹿起一下，就是一个瞄准点。野兔惊飞草丛中的山鸡。枪响了，沙弹烟雾爆腾，你被震得颤抖，啐口唾沫，走过去，捡起野兔、山鸡，走到山根下，架起篝柴，点燃烧烤，野物香味飘荡出来。在边地行走，也有弹尽粮绝的，便去经过的人家，讨一口饭。不能进人家的屋，蹲在当院，捧住碗吃。乡村碗大，饭菜盛得岗尖。吃完了，陌生路人撒目院子，看见老树墩，就抡起尖镐劈柴；看见大笤帚，就抓住扫院儿，扫得一方土院花纹清晰；看见扁担、水筲，就给主人挑满水。若是户整齐人家，院地干净柴火垛高耸水缸满溢，啥活没有，主人便对尴尬的路人说：等你回来，从这儿经过时，再来吧。你心里欠下一笔账。但返回时，蹲在院里，饱餐一顿后，仍旧没有活儿。你要回家了，便趴在地上，给主人磕个响头，走了。

我听得着迷，又有点怀疑：用得着这样乞讨吗？咱们这一带，民风凶悍，早先土匪挺多呀。

哨客大咧咧一挥手，说：那当然！你穷得俩卵一夹丁当响，就去拉杆子。带一支枪算一股，牵一匹马算一股，没有枪，没有马，跟在胡子马队后面跑，叫"拍巴掌的"，本身也算一股。抢劫大户后，按股分红。

哨客讲得津津有味：有一个车老板，赶着马车，要从浅处过河，见一个戴草帽的汉子，低着头，坐在河边脱鞋扒袜子。车老板招呼：光脚过河多凉！汉子说：没事。车老板说：入秋，水咬人了。汉子说：不怕。车老板说：上车吧，也不朝你要过河钱。汉子爬上车，车轮辐条激得河水哗啦啦响，水里的太阳、山峦、树木、枝杈上的鸟巢，破碎了。过河后，汉子从怀窝儿抽出匣子枪，掂了掂，说：你这人，心眼挺好呀！原来是胡子！胡子在河边等"货"呢。胡子饶过了车老板！

我听明白了：人生是一条河，与人为善，就是给自己留下了过河钱。

唠到半夜，哨客问我：饿了吧？

我摇摇头。

哨客说：你们读书人讲究吃夜宵。走！

我们俩来到街上。如果是白天，火红的幌子下，会站着一位伙计，肩搭毛巾，吆喝：屋里请，又有包子又有饼，没有麻花现给你拧！可这阵儿，天黑得连颗贼星都没有，饭店早歇了。

哨客"咣咣"砸门板，把掌柜的从被窝里轰出来，闹得满街狗叫。我们坐在灯光明晃晃的店堂内。哨客吩咐：炒菜，烫酒！

掌柜的扎紧大抿腰裤，嘟嘟哝哝，向灶间走去。

哨客说：咋不把幌子挂起来？你这是贼店吗？

掌柜的歪嘴一笑：半夜三更，摆啥谱！不情愿地拎起一只幌子，操起竹竿，走出去。

哨客吆喝：你不是四个幌子的店吗，都挑起来。瞧不起谁呀！

四个幌子挂起来，红光耀眼。

我笑了。我在民间，交下许多哨客朋友。我依仗他们，才有了一股，在文坛上拉杆子。

父亲的电话

王平中

每天晚上,父亲张大山都要给儿子张小山打来一个电话。

父亲的电话很简短,告诉张小山说自己的病情很稳定,要他不要挂念他的身体,安心救治灾区伤员。

父亲说完这些话,不容他回答,便"啪"地挂下了电话。

父亲说话总是这样简短,干脆。

在电话中,张小山听到父亲的声音有时有些嘶哑,有时夹杂些咳嗽,有时甚至有些喘息。但听到父亲的声音后,他就放心了。

父亲是在电视上看到四川汶川发生大地震的。

那时,父亲的病已经很重了,但精神尚好,眼睛一直盯着电视上的现场直播。

父亲看着电视,脸色变得铁青。

父亲说:狗日的地震,比那年我们唐山的还要凶! 山娃,你要去支援灾区啊!

那天晚上,父亲在床上翻来翻去,通宵无眠。

天亮时,父亲问张小山:山娃,你怎么还不到灾区去呢? 狗日的,是不是没有人组织呀? 救灾如救火,耽误不得呀! 父亲眼里露出焦灼的神色。

其实,张小山已得到了消息,当地要组织一支医疗救护队到灾区。他很想报名参加,但考虑到父亲的病情,便犹豫不决。作为医生,他知道父亲的病已经无药可救,随时都可能离开人世。按当地风俗,他应守在父亲身旁送终! 否则,视为不孝。可他如何说得出口呢?

父亲好像知道他的想法,铁青的脸变得墨黑:狗日的,老子死不了! 你不去难道老子去?

父亲说完,挣扎欲起,但无能为力,便仰躺在床,用手按着一上一下剧烈起伏的胸口,张开嘴大口大口地喘气。好一会儿,才平息下来。

张小山说:爸,你莫急嘛,我去就是!

父亲叹口气:我不急行吗? 我们唐山地震那次,老子埋在废墟中,不是救援人员及时赶到,老子早见阎王去了! 父亲说着,深深陷进去的眼眶里流出了浑浊的泪水。

出发前,父亲紧紧地握着张小山的手掌,半晌才松开,眼里有些许柔意:山儿,你放心去吧! 家里有你妈照顾我,没事咧。记住,我每天会给你打一次电话!

来到灾区,出现在张小山眼里的到处是残垣断壁,比想象的还要严重。在简易帐篷里,不时有缺胳膊少腿的伤员送进来。他忙着给伤员包扎,输液,将他们转移到医院,忙得像只陀螺。只有在晚上休息时,他才牵挂起父亲的病情。

父亲每天晚上十二点准时给他打电话。有时,休息时间早,他也主动给父亲打电话,但总是母亲先接通后,再传给父亲。听到父亲的声音,他就放心了,呼呼地睡去,第二天,又忙碌地抢救伤员。

一直忙了半个多月,伤员全都转移出灾区后,他们的医疗救护队才撤回。

他拖着疲倦的身子回到家里,眼睛一下子睁大了,脑里也轰地响了一声:屋里竟然挂着父亲的遗像! 他忙问母亲是怎么回事。

母亲揉了揉发红的眼睛,告诉他:山儿,在你支援灾区的第二天,你爸就去世了!

不可能! 不可能! 我每天都听到了父亲的声音! 张小山摇着母亲的手臂说。

母亲什么也没说,按响了电话旁的录音机,父亲的声音徐徐传了出来……

你刚走,你爸爸就叫我录了这些电话内容,说万一他去世了,先不告诉你,每天在电话里给你放一段录音! 怕你怀疑,他故意将每段录音内容做了一些变化。

张小山终于明白电话中父亲的声音为什么有些变调了! 明白了为什么父亲每次打电话时总是挂得那么快!

爸——张小山跪在父亲遗像面前,泪水流了出来。

百花深处

非·鱼

认识她,是在那个拥挤肮脏的小浴池里。

刚搬了家,冬天没有暖气,洗澡只有到那个菜市场里面的小浴池。祝红梅,就在那里,光着身子坐在一张床上,腰里围着一床旧的被子,抽烟。

我喊:搓背。她快速地用嘴把烟头从嘴角移动到嘴唇中央,薄薄的两片嘴唇一鼓,烟头已经被她"扑"的一声送到了墙角。她掀开被子,一双细瘦的长腿,肌肉松弛,宽大的髋骨上套一件肉色的内裤,整个人从侧面看扁扁的,包括两只松松垮垮的乳房,也是扁扁地贴在胸部。她头发稀少,在脑后绾一个小而乱的髻子,潦草应付。

她套上一双黑色胶鞋,啪嗒啪嗒过来,接过我手里的搓澡巾,套在右手上,先在左手掌里很响地拍两下,然后从我的背上一滚而过。

疼。我大喊。

啊,不好意思,不好意思。她的嗓门很大,亮且婉转,完全不像她的外表那样粗糙。

搓澡的时候,她的话很多,不停地絮絮叨叨,问长问短,包括在哪儿上班一个月领多少工资她都问,很多事儿的样子。更多的时候,没人找她搓澡,她会安静地站在洗浴室门口,或者坐在更衣室墙角的床上。

她喜欢隔着浓浓的水雾看一个个年轻的身体,贪婪地看着她们清洗身体的每一个部位。而她老去的身体像隔年的苹果,干瘪,多皱,没有一点水分。

我听到有人喊她:祝红梅。她很响亮地答应。我想试着喊,但看她总有五十多岁了吧,还是没喊出口。

祝红梅和很多人都是熟人。她们热烈地交谈,声音在水汽里泡过,嗡嗡地响。

很快，我和她也成了熟人。很偶然的一次，在她又问七问八的时候，我礼节性地问她住在哪儿，她说：百花深处。我一愣，百花深处？是啊，我住在百花深处，她们都知道。

单单这四个字，就足以让我对祝红梅产生好奇，也和她成为热烈交谈的熟人。

我问她百花深处是哪儿，我怎么没听说过。她哈哈大笑起来，笑完了，她诡秘地说：不告诉你。

她越这样，我越好奇，我越好奇，她却越不说。

我曾试着问售票的阿姨，她笑着摇摇头：红梅啊，她爱开玩笑。可我觉得她一点也不像开玩笑。

天渐渐热起来，祝红梅闲着的时候也越来越多。她靠着墙，不停地吸烟，话也越来越少，眼睛呆呆地看着高处的一方小窗，或者看某一个年轻的身体不慌不忙地穿衣服。

夏天即将来临的时候，我不再去浴池了，也没有见到祝红梅。

在冬天来临之前，小区的暖气接通了。我终于为不再去拥挤肮脏的小浴池而长出一口气。

我似乎已经完全忘记了祝红梅，可就在这时，我又见到了她。

一个中午，在一家饺子馆，我见到了正在喝酒吃饺子的祝红梅。穿一条黑色长裙的祝红梅比搓澡的时候漂亮多了，很明显她已经喝多了，两颊通红，眼睛迷离。我喊：祝红梅。她抬头看看我，指指对面的椅子：坐，坐啊。

祝红梅喝的是一种劣质的白酒，度数很高，一瓶已经没剩多少。我劝她少喝点，她说：喝，喝死拉倒。

我眼看着祝红梅喝完了那瓶白酒，盘子里的饺子还有一多半。她摇摇晃晃地站起来要和我再见，看她醉成那样，我觉得应该送她回去。

扶着她，我说她今天很漂亮，她傻呵呵地笑：漂亮？那是——三十多年前了。

她不停地东摇一下，西晃一下，走过一条条大街小巷，从一个破旧的院子里穿过去，我看到两间旧的瓦房。祝红梅指指那座孤零零的破房子：那儿，百花深处。

这就是百花深处，她的家？

走近了，我看到房子前一大片蓬勃的太阳花、指甲草、长寿花、蜀葵，还有日落红、旱金莲,杂乱地挤在一起。这就是她的百花深处了,也对啊,谁说这些就不算百花呢?

扶她进了屋,她一头倒在一张窄窄的床上,沉沉地睡去。

我打量着祝红梅小小的家,简单的家具,简单的陈设,但墙上却贴满了各种老画报,还有演出的剧照、生活照片。

仔细辨认,又看画报下面的简介,我看到了无数个祝红梅,柯湘的祝红梅、江姐的祝红梅、杨开慧的祝红梅……天啊,她曾经是一个剧团的当家女一号。那时候,她可真美啊。

很多张照片上,她笑容灿烂地和一个小男孩站在一起,用长长的胳膊搂着他的肩膀。也许是她的儿子。

我隐约看到了一个女人无限风光的过去,一段模糊不清的后来。就好像穿过香气四溢的百花园,突然跌入枯萎衰败的野草丛。其中怎样的伤痕累累,都如烈酒,被她一饮而尽。

祝红梅在床上睡得很香,脸上没有任何表情。

我替她拉上门,穿过她灿烂繁杂的花花草草,悄然离去。

坠落过程

吴万夫

那天,她从菜市场买完菜回来,走到靠近自家楼房的马路对面,突然看见三岁的儿子正爬到没有栏杆的阳台上。

那是一幢三层建筑物。按最迅捷的速度计算,从楼下跑到楼上,尚需一段时间,何况她当时还在马路的这一边,根本没有时间去抱下儿子。

她的心猝然悬在嗓子眼儿,紧张得窒息了一般。她清醒地意识到儿子一旦跌下来的最终结果:即使不摔成肉饼,也会摔个头迸脑裂!她像一尊泥塑木雕,立在那里痴傻了一般。

在她看见儿子的同时,儿子也惊喜地发现了她。她下意识地摆摆手,示意儿子赶紧爬下阳台,离开危险地段。

可是儿子却错误地理解了她手势的意思,以一个拥抱的姿势向她扑来——儿子一脚踩空,跌了下来……

"儿子——"

在那一瞬间,她的一声杜鹃啼血式的尖利呼喊,宛若鹰隼的长喙,扎破了所有人的耳膜;又如一只小鸟,扑打着银白色的翅膀,剑一般划破了城市的晴朗上空。所有的行人和车辆,立时便都像瞬间意识丧失,刀切般地定格在那里。就在这短短的时间里,人们似乎都看见了她的儿子所处的绝境。有人痛苦地闭上了眼睛;有人眼睁睁看着她的儿子在空中划出一道优美的弧线,若一只翻飞的小燕子,倒栽着跌了下来。人们知道那个场面将惨不忍睹,个个都埋下了头。

但谁也不会想到,就在他们闭上眼睛的一刹那,却有一道黑色的旋风,从他们眼前呼啸而过,绕过所有的障碍物,穿过一条十几米宽的马路,向她的儿子坠落的地方冲去。

169

当人们愣过神来，发现她正跌坐在地上，三岁的儿子在她的怀里哇哇大哭。

儿子安然无恙。

她却脸色惨白。

好奇的人们纷纷围拢上去，问长问短。有的对她惊叹不已，也有的对她表示怀疑。因为按照距离和坠落速度，她根本不可能及时赶到并稳稳接住。可是当时的现场，除了她又没有第二个人——不是她，还会是谁呢？

当人们再三询问时，她却嘴唇乌紫，汗珠涔涔，蓦然晕厥过去。在众人的积极抢救下，她才苏醒过来。

人们坚信是她救下了儿子。

多少天来，人们一直对这件事情非常感兴趣，街谈巷议，沸沸扬扬。

后来，市电视台知道了这件事，决定以《母子情》为题，拍摄一部反映社会伦理教育的片子。

导演循着人们提供的线索，找上了她的家门。导演再三央求，却遭到她的满口拒绝。导演又提出给她一笔丰厚的拍摄酬金，她仍是闭口缄默。街道居委会的人也对她苦口婆心地劝说，她思忖良久，才没带任何条件地答应下来。

导演请来了特技设计师，依照她的儿子制作了一具形态逼真的模型。可是在投拍的时候，怎么也达不到预期效果。尽管她拼命冲刺，气喘吁吁，总是距模型坠地好长时间才能赶到。导演很着急，试拍了几次都没有成功，后来干脆又找来一名运动员作为她的替身演员。但运动员使尽浑身解数，仍是不遂人意。

人们永远没有看见那个真实的坠落过程。

看夕阳

吴万夫

这是发生在美国洛杉矶的一个真实的故事。

一天,两位老人离开旅游团,相携着到山崖上看夕阳。夕阳无限好,橘红的霞光燃烧了西天的云絮,有如一场缤纷而下的太阳雨,溅落在山石草木上,跳动着灿烂无比的光芒。

两位老人站在崖边,如醉如痴地欣赏着美景。

突然,她感到有一个东西往下坠落。

她下意识地伸手一拽,拽住的正是她失足的丈夫。

她拽住他的衣领,拼命往上提拉,但无论怎么努力,都无济于事。他悬在山崖上也不敢随意动弹,否则两人都会同时摔落谷底,粉身碎骨。

她拽着他实在有些支撑不住。她的手麻木了,胳膊又肿又胀,仿佛随时都会和身子断裂。她知道她瘦弱的胳膊根本经不住他太沉的身子,她只能换用牙齿死死咬住他的衣领。她企望有人猝然出现,使他绝处逢生!

他悬空在山崖上,就等于把生命之符钉在鬼门关上。在这日薄西山的傍晚,有谁还会来到山崖上,注意到他们呢?他说:"放下吧,亲爱的……"

她紧紧咬住牙关无法开口。她只能用眼神示意他不要吱声。

一分钟过去了。

两分钟过去了。

十分钟过去了。

冥冥中,他感到有热热的黏黏的液体滴落在他的脸上。他敏感地意识到血是从她的嘴巴里流出来的,似乎还带着一种咸咸的腥腥的味道。他又一次央求她道:"亲爱的,放下我吧!有你这片心意就足够了,面对死亡,我不会埋怨你的……"

一小时过去了。

两小时过去了。

他感到有大颗大颗热热的液体，吧嗒吧嗒滴落在他的脸上。他知道她的七窍在出血了，他肝肠寸断却又无可奈何。他知道她在用一颗坚毅的心，和死神相峙、对抗、争夺。他幡然感悟到生命的分量此时此刻显得无比沉重，死神正鹰鹫一样拍打着玄色的翅膀，向他长唳而来，俯冲，袭击。一不小心，生命就会被包埋在蚕茧里终止了。

不知过了多长时间，旅游团的人们举着火炬找到山崖上才救下了他们。

她在洛杉矶的一家医院住了好长时间。

那件事情发生后，她的所有牙齿都脱落了，人也从此再没有站起来。

他每天用轮椅推着她，走在街上，去看夕阳。

他说："当初你干吗拼命救下我这个糟老头子呢，亲爱的？你看你牙齿……"

她喃喃道："亲爱的，我知道我当时一松口，那么失去的就是一生的幸福……"

他推着她向夕阳走去。

人们都看着他俩融在夕阳里成为美丽的一景。

张大膀的三伏天

徐常愉

　　小镇的街道东西走向,张大膀的肉铺正在镇中央的街边上。说是铺子,其实很简易,几根钢筋支起一面肉案,上方是一个圆形的遮阳大伞,伞面上斑斑驳驳地印着摩托车的广告。张大膀上身穿一件红色的背心,却被挂满油污的围裙挡住,手中拿一条抹布,擦一把头上的汗,哄一阵嗡嗡叫的苍蝇。

　　正是三伏天的晌午,人们都躲进屋里不出来,浑身上下脱得不能再脱,还要把电风扇拧到最高挡。张大膀却没有这个福分,他一刻也不敢离开铺子,说不准什么时候就来买肉的,这样的天气,肉放不住,必须一天一光。

　　张大膀挥动了一会儿抹布,把头探出肉案,东瞧瞧,西瞅瞅,没见一个人影,悻悻地收回头去。却不经意间瞥见左后方的小树林里有一对小青年在唠嗑,还不时发出格格的笑声。男的张大膀认识,是镇上陈大夫的儿子春领;而那个女的,张大膀没认出来,不过可以看出他们是在谈恋爱。张大膀的喉咙滚动了一下,坐在伞下眯起了双眼。

　　三伏天,就像小孩子的脸。

　　轰隆隆一声雷,豆大的雨点吧嗒吧嗒落下来,开始稀稀零零,瞬间就稠密起来。人们对这样的天气总是缺少防备,街道上突然出现了人影,人们用手遮着雨猫着腰一溜小跑。张大膀有大伞遮着,幸福得很,正好趁机凉快凉快。晌午的雨,小孩子撒尿一般,一股劲儿就完事了。

　　东边一阵摩托车的突突声由远而近,一个姑娘骑着摩托车疾驰而来。近了,张大膀认出来,是好客来饭店的服务员小翠。小翠身上已经被雨点打透,把个凹凸有致的身条暴露无遗,便把张大膀的目光牵出去老远。

　　突然,"嘭"的一声,张大膀的目光立刻惊恐起来。小翠为了躲避一位横过马路的老太太,紧急刹车,结果摩托车失去平衡,连人带车横着滑出去,撞在了路旁的杨树上。倒在地上的摩托车的轮子还在飞转,可躺在地上的小翠一动不动。那位老太太已经被突如其来的事故吓愣怔住了,看着地上的车和人,不知所措。

张大膀噌地冲了过去。

——打电话叫人,报警,叫救护车……

庆幸的是,小翠还活着,被救护车拉走了。

闯祸的老太太还愣怔着,却被警察和群众团团围住。警察急促地询问,群众七嘴八舌地议论。老太太突然倒了下去。

又一辆救护车拉走了老太太。

雨不知什么时候停了,太阳火辣辣的,更烤人。人们纷纷散了。

张大膀突然想起了自己的铺子,撒腿往回奔,老远看见案上白花花的,悬着的心落下了些,可脚步却没敢慢下来。待张大膀喘着粗气回到铺子,伸手往案板下边一摸,禁不住哎呀了一声。——装钱的小皮包不见了!本来是系在腰上的,因天热,箍得肚皮难受,他才把皮包挂在了肉案下边。张大膀又仔细检查了一遍肉案,仍没见皮包,脸上的汗就下来了。一千多块啊!张大膀正在铺子里转磨磨儿,正好处理事故回来的警察路过,于是,张大膀报了案。

有消息从医院传回来,小翠脱离了生命危险,而那个老太太却昏迷不醒。

张大膀没心情听人们议论,他收了摊,去派出所询问他丢的钱有着落没有。警察摇摇头,问张大膀,你卖肉时有没有发现跟前有什么可疑的人?张大膀挠着脑袋寻思了半天,说,倒是有两个人,但是不可疑。警察说,说出来听听。于是张大膀便把在小树林谈恋爱的春领和那个姑娘供了出去。警察一听,说,查查看。

结果还真查出了问题,却跟张大膀丢钱的事无关。警察刚进春领家,春领一见警察撒腿就跑。追上一审,春领交代了在城里偷电动车的事。春领当即被拘留了。

春领娘跟警察纠缠不成,径直冲进张大膀家,把张大膀骂了个狗血喷头。

张大膀憋了一肚子气,又去派出所找警察,警察说,钱不是春领偷的。张大膀问,那我的钱咋办?警察说,你再等等。张大膀说,我等得起吗?我还要用那钱买猪呢!警察寻思了一下说,你有权向被救的人提出赔偿的要求。张大膀说，人家还在医院里，你叫我怎么跟人家要钱？……

张大膀气咻咻地回家，路上又听人议论说，小翠只是胳膊骨折，而那个老太太死了。这样一来，小翠有了麻烦，据说，那个老太太的儿子要起诉小翠呢！

回到家，张大膀觉得心里堵得慌，扯过一瓶白酒就着花生米喝起来。三下五除二，一瓶酒就见了底，然后张大膀一头扎在床上昏昏沉沉地睡了。半夜里，张大膀媳妇听到张大膀的呻吟声，推推他，他不动，开灯一看，见他嘴角流出一堆哈喇子。再叫，仍不醒。急忙叫了救护车。

脑出血。张大膀在医院抢救了三天，命保住了，人却傻了。

老太太的儿子真的起诉了小翠，检察院的人来医院找张大膀了解情况。此时的张大膀完全没了那天的烦恼，他摇摇头，嘿嘿笑了。

假 币

顾文显

人有时一犹豫就错过了良机。辰这样想,此时老教授正在滔滔不绝地和新生们沟通感情,辰就没办法把那两千元钱交上,而早上乘乱交这笔钱再好没有,可那时辰就是犹豫了一下,错过了。辰为此如坐针毡。

终于熬到下课,辰遥盯住身边围了一群唧唧喳喳的女同学的老教授,好歹待女娃们散尽,他才跨前一步,把钱递上。这时,辰脑子嗡的一声,大片空白,他感到一种灭顶之灾的降临。还好还好,老教授点了点,装进上衣兜。

辰这一夜没合眼,那钱是单独交的,万一老教授发现呢?为了进京到这家文学院深造,他卖光了全部药材,没想到该死的药贩子在交款时夹了三张假币!他曾想到市场上买点零碎花出去,可小贩们不收这假钱。他已没有更多的钱了,逼急了才出此下策。但他又怕被识破,同学们个个是贵胄富子,只他一个穷孩子,假币的事抖搂出来,他如何混得下去?

辰决定次日主动坦白,就说不小心夹带了,求老教授宽限些日子回头借来补上,这样总比当众揭穿好。

辰拿定主意,次日就恭候在老教授上班必经的路上,见到老教授,他说:"老师,我昨天交的钱……"老教授的脸立刻板起来:"别提你那钱!"

辰魂飞魄散!却听教授说:"早不交晚不交,偏我揣了你的钱,在市场上走,被小偷割了兜。"

啊呀,谢天谢地!辰一边赔小心,一边回到教室,这贼其实是帮了我的忙呢。辰想。

兴奋之后,辰又陷入了苦恼。毕竟老教授损失了恁多钱,并且直接怪他学费交得迟!想到教授总穿一件皱巴衣服的寒酸样,他心里就凉涔涔的。辰想,好好努力吧,非出人头地不可,有朝一日我加倍报偿这善良无辜的老人。

　　辰勤学苦作,不断写出好文章,连《人民文学》这样的巨刊也有他一席之地。老教授时常当众夸赞,每当这时,辰就暗自道,等着,老师。

　　学习期满,辰交了大运,脱掉农田鞋,直接成了市文联干部,这当然要得力于《人民文学》等刊物;又一年,他又成为省作协聘任的专业作家。辰一步登天,阔步文坛,名声大得吓人。许多杂志社派编辑上门来找他约稿,辰从此再不愁没钱。

　　辰依然惦记着那可怜兮兮的老教授,该彻底了结这块心病了。他为老教授准备了一万元现金,专程来京。

　　老教授高兴:"学生出了大名,不忘师德,这就好。"他坚持设家宴款待学生。酒前,辰鼓足勇力,向教授认错:"老师,我交给您那两千元学费中,混着三张该死的假币……"他眼圈红了,并哽咽起来。

　　老教授哈哈大笑:"三张假币你还没忘哪? 在,我留着呢,如今集什么的都有,我集几张假币玩玩有何不可?"说着,从一本影集内拿出那几张玩意儿。

　　"老师,那您说让贼偷了……"辰目瞪口呆。

　　"假话。兴你假币就不兴我假话?"

　　"为什么? 您当时完全可以揭穿。"

　　老教授的脸色立刻无比严峻起来:"揭穿容易。但我更知道一个山里出来的孩子有多艰难,那样做对他产生的后果不堪设想,为区区三百元钱,扼杀一个人才,吾不屑为之也。"

　　"老师!"辰扑通一声跪了下来,泪流满面,"不回去了,我还要跟您学几年,您一定要收留我!"

一枪毙命

贺显锋

　　漫天的黄沙里移动着两个身影，一高一矮。矮个子在前面缓慢地挪着脚步，要不是后面高个子拿枪逼着，他可能早就倒下休息了。

　　突然，高个子猎犬般竖起耳朵，说："黑脸，快点，咱们必须在天黑之前赶到前面的驿站避一避。"

　　那个被叫作黑脸的却说："避啥呀，有什么大不了的呀？我说老刀，我可早就累得不行了。"

　　叫老刀的便说："你是外地人，不知道这里的危险。到了晚上，这可是野狼的天下，难道你想把自己拿去喂狼？"

　　黑脸却话里带刺："什么野狼不野狼的，你怕我却不怕，再说我背着叛徒的罪名，落到你手里最终还有活路吗？"黑脸嘴上说不怕，可脚下却加了把劲，明显挪快了步子。

　　又走了一阵儿，天黑了下来，黑脸身上都湿透了，他大口喘着粗气，有些挑衅地说："我说老刀，你真的怕狼？"

　　老刀嘿嘿笑了两声说："你根本不知道这里的野狼的厉害！"

　　黑脸却道："你也根本不知道我的厉害，我可是神枪手，百米开外，说打一个人的眼睛绝不会碰到他的眉毛！"

　　老刀笑道："就知道吹牛，还不是被我抓到？"

　　黑脸话里含着不服和讥讽，干涩地咳了咳，说："我就不明白，你们玩命地追，到底图个啥？要不是我的枪里没有了子弹，能被你抓住？你也真是的，追到我时只有你一个人儿，几根金条给你都不要，何必紧紧相逼呢？"

　　老刀却"嘘"了一声叫黑脸闭嘴，声音低沉沙哑但很果断地说："你不是想要我放了你吗？我现在就放了你，并且还给你一支枪。"

"真的?"

"真的。不过得记住,这种时候只有两人齐心协力,才会有活路! 不信,你看——"

黑暗夜色里,七八双闪着绿莹莹亮光的眼睛正向他们两个合围过来。

黑脸一个激灵,哆嗦着说:"是……是野狼吗?"

老刀只吐了一个字:"是!"便扭亮腰间的大功率手电,"唰"地将强光向狼群扫射过去。狼群止了步,徘徊不前。

老刀拿起枪,把子弹推上膛,递给黑脸说:"记住,子弹有限,瞄准,不能浪费。"

黑脸接过枪,晃了一下,笑嘻嘻地说:"放心,我还从来没有失手过。"

老刀说:"现在是夜间,不能轻易向狼群开枪。看见那只跛腿狼了吗,还有那只抬着跛狼一条前腿的狈? 跛狼难斗,它不是真跛,让狈抬着腿那仅是它的一种'待遇',它应该是狼王,伤着了它,它的嗥叫会引来更多的狼! 只能打死它,吓跑其他的狼,你不是号称神枪手吗,我们能不能躲过这一劫,就看你这一枪了。"

黑脸接过枪,用手拍了拍,隐隐一笑说:"一枪足够了,你就瞧好吧。"

老刀用手擎着手电,探照灯般不停地飞速扫射。狼和人对峙着,双方都不敢轻举妄动。

时间一秒一秒地过去,狼群显然不耐烦了,狼王低吼了几声,像是要发动进攻。

老刀低声说:"记住,瞄准狼王,一枪毙命,咱们只有这一条活路。"

"放心。"黑脸端起枪,瞄准,"我要的就是这一条活路。"

"嘭——"枪响了,一枪毙命,可倒下的却是老刀。

"你——"

"嘿嘿,给我枪,就是给我活路。"黑脸说。

几乎在枪响的同时,几条野狼也飞身扑来。看到野狼,黑脸笑了:"找死。"

端起枪,瞄准,"噗——"黑脸傻眼了,怎么会只有一发子弹?

黑脸来不及多想,野狼已经扑到他的身上,咬住了他的脖子……

驳骨神医的神话

何百源

　　昨晚，市作协主席打电话给我，再次敦促我抓紧时间去采访八十九岁高龄的费老，他说："据可靠消息称，费老最近健康状况再度恶化。如果不抓紧时机，恐怕……"他省略掉的话，是不言自明的了。

　　这费老是一位驳骨神医，一位充满传奇色彩的人物，而居于一个交通十分不便且僻远的小圩场——他的故里。据说很多年以前，当局为了请他"出山"，曾委以一家大医院院长的重任，但到头来没能请得动他。

　　过去虽然本地数度将费老列为报告文学的采写对象，然而一来他居处僻远且交通不便，再者据说他每天都极忙，不易抽时间接受采访，因此一直未能如愿。说句犯忌的话，由于我一直以来没有发生过大的非要找费老不可的伤筋动骨的事，因此我从来未见过费老。

　　用了整整四小时，费了很大周折，我终于赶到费老兼作医馆和寓所的居室。可惜已经迟了，费老躺在病榻上，已经气若游丝。据他家人说，他虽然意识还相当清醒，但已经几天没开口说过话了。

　　唉，看来一个千载难逢的"文学宝藏"，就这样行将湮没。

　　我在那不算宽敞明亮的居室里踱了几圈步子，突然生出一个好主意：由我将以往听到的关于费老的神话和传说口述出来，请费老加以证实。看来这是没有办法中的唯一办法了。

　　于是我坐在离费老很近的地方，轻轻地、尽量有条理地讲起来：

　　据说新中国成立前，有一次几个副官和随从抬着一位旧军队的大官来求治。大官脊椎严重扭伤，已多方求治无效。费老（那时他肯定还不老）命大官到院里的水井打一桶水。副官和随从忙不迭说："我们来，我们来。"但费老用不容磋商的口吻喝道："我就要他去打！"于是大官只好忍着剧痛，咧着嘴一瘸一拐走向井台,弯腰将桶吊下……正当这时,费老在背后看准部位,冷不防冲上去一脚踢在大官的腰背上,在场的所有人都几乎被他这一举动吓昏了。而随着"哎哟"一声惨叫,大官原先病歪歪直不起来的腰,一下子直起来了。接着上药,皆大欢喜地走了……

又据说,每到圩日,费老必趁圩(赶集)。别的不买,专买柴火。他一挑一挑柴火慢慢看,当看准了某挑柴火里混有被他称之为"驳骨丹"的灌木,他就买下并命樵夫将整挑柴火挑去他家……不但外界人士无法"破译"这驳骨丹究为何物,就是连他的家人也无法窥破。他开的药方,没有药名,只写"红""黄""黑"等字样,而药物已全部碎成粉末。

又据说,某县长一次跌打骨伤,抬着运到费老处求医。他诊断过后,命人将县长吊起来,然后拿烧着的艾条去烫县长的腰。县长为躲火烫,本能地一闪避,结果骨伤不治而愈……

我一件一件地讲,费老十分用神地听。从他转动灵活的眼神看,他不但清醒,而且听得很有兴味。

这时,一位中年男子靠近我,轻声地说:"怕我爸太疲倦了,该歇歇了。"

于是,我问费老:"我说的这些都有事实根据吗?"

费老抖索着,伸出一只枯柴般的手,示意拿给他纸和笔,然后十分吃力而又缓慢地在纸上写下了歪歪扭扭的一行铅笔字:

"当一个人走红的时候,就会伴生出一批神话和传奇文学作者。"

瓷葫芦

王雪涛

　　刘家湾小学在一座大山里。山很大，只有一个村；村很小，只有一所小学；学校则更小，只有一位老师。

　　老师姓尚，早已过了退休年龄，因为村里请不来老师，大城市里的老师谁也不愿意到这穷得只有石头的地方来，村长赵秋贵就又把他请了回来。尚老师不忍看着孩子们没人管，二话没说背上铺盖，提着一口掉耳朵的铁锅就住到学校里了。

　　尚老师对学生极严格，完不成作业的要用荆条抽手心。那荆条是山里特有的，柔软坚韧，能盘成圈握在手里。山里的孩子都知道它的厉害，一条抽下去，手心像烙铁烙了一样火辣辣地疼。这天，二年级的赵铁锁没有交昨天布置的作业，尚老师问："铁锁，你昨儿个放学干啥去了？"

　　"放牛。"

　　"谁让你放牛的？"

　　"俺爹。"

　　"听我的还是听你爹的？"

　　"听俺爹的。"

　　"为啥？"

　　"俺爹是村主任。"

　　"村主任也是我的学生！"尚老师一听，拍着桌子说，"伸出手！"

　　"偏不！"说完，铁锁猛地冲出教室，头也不回地往外跑。

　　"你给我回来！"尚老师一边喊一边站起身追，但还没有走出教室的门就一头栽倒在地上。学生一看不好，惊呼着涌过来，几个胆小的女生吓得哭了起来，有学生飞快地跑去找人。

一会儿工夫，村主任领着一大群人来了，大家七手八脚把尚老师抬上板车送往医院。

经诊断，尚老师患的是心脏病，已有几年的病史了，这次幸亏抢救及时。

几天后，尚老师又走上了讲台。他像往常一样环视了一圈教室，然后打开书本开始讲课，忽然像想起来什么似的说："我的药在右边的衣袋里，如果老毛病又犯了，请大家帮我服药。"说着掏出药瓶让大家看了看，是一个小小的瓷葫芦，尚老师又说"我可不想死这么早。"

教室里一片沉寂。大家知道，这句话随时可能成为尚老师的遗嘱。

这一节课，同学们听得最认真。

尚老师哪天换了一身衣服，上课前就特别提醒说："今天我的救命葫芦在左上衣口袋里，大家一定要记准，千万别找错了地方。"

学生就死盯着尚老师的左上衣口袋，好像那里真有能救尚老师的宝葫芦一样。

学期快结束的时候，尚老师也最忙。五年级的学生要升学，其他的学生又不能撇下不管，于是尚老师的小油灯常常亮到半夜。第二天起床，窗台上总是时不时放着一只熟鸡蛋，一把红枣，偶尔还有几朵野菊花——尚老师爱喝菊花茶。而每当问起时，同学们却说不知道。

最近一段，尚老师发现班里老是有人迟到，好几次都是快到上课时间了，几个学生才气喘吁吁地赶来，身上脏得像泥猴似的，脸上有时还挂有几道血痕。尚老师很生气，在这关键时候，居然有人敢贪玩。

一天，已上课十几分钟了，赵铁锁脖子上挂着书包才出现在校门口。尚老师停下课，问他干什么去了。铁锁低着头，背着手倚着门框一声不吭。"铁锁，伸出手，"尚老师抓起荆条，要抽铁锁手心，"你老子我都打过！"

同学们望着尚老师气得铁青的脸不知如何是好，一时间教室里的气氛紧张起来。

"尚老师，别打他了，"春妞站起来，"我们看你整天操心，又没钱给你买药，就趁放学到山上挖药材晒干卖给收购站。因为怕你知道了生气，所以没敢给你说。铁锁为了多挖些药材，还摔伤了腿。"春妞走到铁锁身边，挽起铁锁的裤腿，露出膝盖上的伤疤。

铁锁松开紧攥的手，手心里是一只小小的瓷葫芦，他小心地捧着，像捧着一件稀世珍宝，眼里满是泪花。"尚老师，是我不对，不该惹你生气，你打我吧……"铁锁哽咽着。

　　"尚老师,您别生气,是我让大家挖药材的,"班长壮子站起来,"我们怕你犯病,每人都买了药随身带着。"说着伸开手,手心里捧着一只一模一样的瓷葫芦。一个,两个,三个……全班同学都站了起来,像一片小树林,每人手里都捧着一只瓷葫芦,教室里传来低低的啜泣声。

　　尚老师望着学生手里的一只只瓷葫芦,嘴唇动了动,两行热泪沿着饱经风霜的脸庞无声地滑落……

让叔用用你的手机

赵素莲

这一天下着大雨。女孩改乘公交车去上班。

由于天气不好，坐公交的人明显多了起来。女孩上车后，只有最后一排靠窗的位置还有个座位，女孩就走了过去。

女孩很时尚，那一头长长卷卷的秀发，让满车飘香。她从那个大大的斜挎包里掏出纸巾，将座位擦了又擦，然后才皱着眉头坐下。

女孩坐下时，旁边的两个小伙儿很善意地瞅着她笑了笑，并向一边挪了挪。女孩也瞅他们笑笑，皱着的眉头舒展了些，也许是美女碰到帅哥的缘故吧。这俩小伙儿都西装革履的，特别是那标致的寸头，抹得油亮油亮的，一根是一根地竖着，特精神。

女孩不时地用手理一下又理一下自己的长发。两个小伙儿被搞得心旌摇曳，在座位上显得不安起来。女孩瞅着窗外，非常陶醉。

不到五分钟就是一站路。很快，车开到了下一站。又上来一个乘客，五十多岁，看打扮像是农民工。他穿着一身橘黄色工作服，身上布满了灰点，虽然上车前披着一块塑料布，但还是被淋湿了，乱而脏的头发不时地往下滴着水。

售票员说，大叔，请您往里走，往后站。

农民工扶着椅背往后走。突然，农民工对着女孩大声说：闺女，给叔用用你的手机！

女孩愣了，说：你谁呀？干吗用我的手机？

你叫叔用用你的手机，快点儿！农民工对女孩命令道。

女孩急了：你干吗用我的手机？你到底谁呀？

农民工目光里充满了焦急：你打开包把手机拿出来，让叔用用你的手机!

谁叔啊？谁叫你叔啊？乡巴佬儿！神经病！真是莫名其妙！女孩继续把脸扭向窗外。

你看你这孩子咋恁不懂事，出门才几天，就连叔都不认了，你快打开你的包，让叔用用你的手机！农民工说着，朝女孩走过去。

你想干吗？女孩愤怒地瞪着农民工站了起来，并赶快将包拉向了怀里。女孩这才发现包的拉链不知何时被人拉开了。女孩瞅瞅旁边的两个帅哥，又瞅瞅农民工，瞪大了眼睛。

很快到了下一站，两个小伙站起来要下车。在经过农民工身边时，其中一个狠狠地在农民工脚上踩了一下：叫你多管闲事！农民工哎哟了一声。

女孩赶紧走过去把农民工扶到座位上。

女孩的连声道谢让农民工不自然起来，近乎卑微而憨厚的笑容一直挂在他的脸上。农民工沉默了，这时车上的人却发话了，七嘴八舌的：姑娘啊，你得好好谢谢这位大叔，那两个小伙子是小偷，经常在公交车上偷东西，要不是这位大叔，兴许你被偷了还不知咋回事哩！

原来他们早就发现了！但为啥刚才没一个人吱声呢？女孩想。

古镇哑巴

雷文锋

哑巴本不是古镇人。那年春天，古镇游荡一女人。一天，女人坐在了杨大有门墩上，好长时间了，没有走的意思。

杨大有问女人是哪地方人，女人啊啊用手指着北边上河湾的地方。杨大有知道眼前的女人是个哑巴，上河湾是个穷地方。杨大有端给哑巴一碗饭，哑巴狼吞虎咽地吃了。

第二天，哑巴又坐在杨大有门墩上，吃饭的时间，杨大有给哑巴端一碗。第三天吃饭时间，哑巴又来了。吃了饭，哑巴进了杨大有屋子，这儿看，那儿瞧。哑巴指着镜框里的照片，照片是杨大有爹娘的合影。

杨大有扶起生病的娘，娘笑着说，大有啊，哑巴要跟你。杨大有这才细细打量眼前的哑巴，干干净净的，不像有的哑巴，邋里邋遢。

杨大有老实巴交，镇上姑娘看不上他。杨大有喜滋滋找媒人跟着哑巴去了。第二天，哑巴哥嫂带着哑巴进了杨大有家，哑巴哥哥说，古镇都是有钱人，妹子进了富窝，彩礼你们看着给吧。

杨大有娘从病床上爬起，四邻里走一圈，回来给了哑巴哥哥厚厚一沓钱。哑巴从哥哥手中夺回一些，交给杨大有的娘。

哑巴本不哑，十岁那年打针打坏了，灵巧的小姑娘就成了哑巴。哑巴哥嫂大声对她说，好好住在这儿，别到处乱跑了。哥嫂笑着走了。

现在，杨大有打铁，回家有做好的饭菜。生病的娘有人照看了。哑巴除了不会说话，家里的活儿什么都能干。时间的脚步在古镇上空没有停留，杨大有大儿四岁，小儿两岁了。

哑巴教育儿子有独特的方式。儿子小的时候，一定是在地上爬着。这一点，古镇好多女人看不惯。古镇在方圆几十里算富庶的地方，富庶地方的小孩应该有个样子,是万不能在地上爬的,地上爬成灰疙瘩,有失古镇脸面。孩子小的时候,当娘的没时间抱,一定请个保姆整天抱着,抱着的小孩干净。古镇女人就说哑巴,你到底是乡下人,窝囊。

然而,哑巴两儿在同龄小孩中,走路最早,身体最好。这一点,邻居女人奇怪,整天窝里窝囊竟有好处。她们哪里知道,白天孩子爬得一身灰,晚上上床时,哑巴一点也不含糊,把两儿洗得干干净净塞进被窝。

古镇炸麻花人多,几步就能看到一个油锅,油锅吱吱响,短小的白色粉条一会儿变成胖胖的金黄色麻花。油锅旁边的案子上,左边放着钱匣子,右边麻花堆成小山。

一天,哑巴大儿神色张皇地回来,手中拿着一根麻花。哑巴啊啊地喊,意思是麻花哪来的? 大儿一下钻进屋里,躲在门后。

哑巴一把拽住大儿朝街道上拖,大儿死命朝门里挣。结果胳膊拧不过大腿,大儿乖乖地带着哑巴来到郭家麻花店。郭麻子知道哑巴大儿偷了他的麻花,抢了一巴掌,大儿号丧般地哭起来,哑巴拽着大儿走了。郭麻子指着哑巴背影骂,哪儿来的死哑巴,不会教教死伢崽?

杨大有从铁匠铺回来,见大儿脸上巴掌印,嚷着说,不就是一根麻花?你郭麻子这么狠心。杨大有提着扁担要找郭麻子算账,哑巴堵在门口,不让丈夫出门。

古镇富庶,啥样人都养,也养小偷。小偷不是古镇人,是邻县人,据说邻县小偷很出名,全国各地都有邻县小偷。邻县民风彪悍,小偷凶残。

古镇逢三六九有集,邻县小偷三五成群也来赶集。集上不时有人小声说,钱被偷了。看着被刀子划开的口袋,人们心里狠狠诅咒小偷。古镇人钱被偷了,却不敢大声喊,若喊了,说不准哪天脑袋就会挨上一砖头。古镇人对邻县的小偷是敢怒不敢言。

这天,哑巴上街买布,买了布经过郭麻子油锅前,看见一个小偷从郭麻子钱匣里抓了一把钱,大摇大摆准备走。

小偷突然听到耳旁一阵聒噪。一个女人啊啊叫着抓住钱,小偷一巴掌推开女人。女人啊啊叫着一把抱住小偷的腰,小偷一甩,女人摔在一旁,小偷刚迈开步子,双腿又被女人死死抱住。小偷怒了,大喝一声,找死! 蹲下身一拳擂在女人脑袋上,女人的脑袋破了,鲜血流出来。小偷刚跑几步,人群里不知是谁大喊了一声,抓小偷! 人群涌动,小偷跑。人群里又有人大喊,抓小偷! 小偷飞跑,人群朝前方涌动。郭麻子这时也大喊,抓小偷! 喊声一片。小偷从巷道跑到公路,公路上的人大喊,抓小偷!小偷跳下公路,沿着河床像无头苍蝇乱跑,石块如雨点一般落在小偷身上。

后来人们说,小偷当场就被砸死了,也有人说小偷逃回去了,回去后,连吓带累,几天后就死了。从此以后,邻县的小偷再也不敢光顾古镇了。

好多年过去,哑巴已经很老了,古镇人没忘记哑巴,就是古镇走出的大富大贵者,每每回到古镇,也总要提着礼物到哑巴门前坐一坐,看看哑巴的生活怎样了。

请你杀了我

耿 耕

我凌空跃起，手中的剑挥舞出满天星斗，这是我使出的第一招。我有些兴奋，以为这是一场势均力敌、令人热血沸腾的拼杀，凭我苦练的剑法，有把握将我的仇人毙于剑下。可我错了。

我的仇人根本没有闪躲我的剑光。只是当剑快要击中他时，他轻轻地说："请你杀了我，让我的死了结我们的仇怨吧！"说完他的刀便轻轻落在地上，发出金属的声响。

在我追杀仇家的这么些年，还从没有遇到过这样的对手，这让我愤怒。我横剑指向他，大声地吼叫着："拿起你的刀，像个男人一样跟我好好地打一场。"

他面色苍白，却满面笑容地对我说："我为什么要跟你打？我们真的有仇吗？我们之间有过什么样的仇恨？"

我一时愣在那里，这是我没有想过的事情。我们两家的仇恨都是父亲告诉我的，我不知道他的父亲告诉了他什么，我只知道我的命运就是要追杀仇人，让他们的家族在这世界上灭绝。那是怎样的一种恨？我不知道。

他慢慢地朝我走近了几步，依旧轻轻地对我说："请你杀了我吧！杀了我你就可以过自己平静的日子。"

他那轻轻的声音，如雷声在我耳边炸响。我曾经梦想能在水中垂钓，树下纳凉，花中饮酒，雪夜笑谈，过着平常人的平常日子，却从没梦过这腥风血雨、刀光剑影的日子。每一次用生命的厮杀，对我来说都是一场噩梦。

我像个被发现秘密的贼，躲闪着他的眼睛，因为我心里还企图坚守这几十年的信念。我说："凭什么？你凭什么这样认为？"

他的脸上带着一些愁容，淡淡地说："凭你的眼睛，凭你觉得这日子很累、很苦。"

我想反驳，可我无力反驳，因为我的心里真的这么想。我的生命似乎只有仇恨与厮杀，那刀剑就是我的全部，死亡就是我的快乐。而我内心的秘密却无人知晓。

他像个老朋友一样，轻松地朝我走了两步，叹了口气说："因为我也很累、很苦，不想再过这样的日子了。你还是杀了我吧！"说着整个人突然朝我扑了过来，我下意识地抬起手中的剑，那剑便刺穿了他的胸膛，鲜艳的血便一点一滴地落在青青草地上。他轻轻地对我说："谢谢！我真的很累。"然后慢慢地倒了下去。

我的仇人满面笑容、双目圆睁地躺在我脚下，似乎正在仰望着天空，那空空荡荡的天空中有什么？有他的梦想吗？那会是个什么样的梦？我突然也觉得很累，便在我仇人的身边坐了下来。

这几十年间，我一直以为仇人的死可以结束一切，我的仇恨、我的耻辱、我的荣誉，都将随仇人的死而烟消云散。可我错了。

看着躺在我身边的仇人，我的心空虚失落，似乎原本的生活已经失去了意义。他真的就这样死了吗？我知道他的刀虽然没有挥舞起来，可他却击伤了我的心，让我无法安宁与平静。

在这个真实的午后，在一片灿烂的阳光下，我在仇人的身边，做出了一个惊人的决定，那就是淡忘。淡忘仇恨，淡忘刀剑，淡忘生死。其实只有淡忘了之后，才知道淡忘本身也需要杀人的勇气。

在后来的日子里，我的子侄们多次要求去追杀仇人的后裔，可我阻止了他们。在江湖多年，我知道莫留后患的道理，可我真的不想再见到生命的鲜血与痛苦的号叫。我的心因为仇人的死，看见了另一片天空。那是怎样的天空，纯洁，灿烂而宁静，我相信这时的我，才真正拥有了自由与快乐。

现在我坐在一片田野中，听着秋风掠过竹梢的声响，让一些往事在阳光下晾晒，感受着那种叫幸福的东西。

在滴滴答答的时间中，我看见了我的仇人，只不过他还是年轻时的样子。我知道我平静而安宁的日子到头了，在这世界上你想获得梦想，就一定要付出代价。而我现在付出的代价会换回什么？也许是我子侄们的幸福，也许是所有仇恨的彻底消失。

我微笑着迎了上去。他抽出刀指着我说："我要杀了你，为我父亲报仇。"

　　我笑着说:"是的,请你杀了我。我不想让你觉得很累、很苦。"

　　那把刀挥舞在空中,我看见温暖的阳光正照在那孩子的脸上。

终于能管你一回

三·石

说不清从什么时候开始，我便琢磨着能够管一回四平。

这个念头在我的心里头挥之不去。

要说我跟四平还是光屁股的朋友，打小的时候，两家只隔一堵墙。

但我跟四平更多的时候是一对冤家。

也不是自吹，从小学中学到大学，我一直算得上优秀，成绩在年级始终名列前茅，而且我一直是班干部，从小组长、学习委员到副班长直至班长。如果没有四平，我绝对是我家乃至我家那一片的骄傲。然而四平的存在，却让我体会到千年老二的无奈。从上小学开始，四平就处处压我一头。不仅成绩始终排在我之前，而且在职务也一直在我之上。我是组长，四平是副班长；我当上了副班长，四平又成了班长；上大学，我和四平都在同一所大学，大一时两人都是一般学生，大二我通过竞选当上了学生会副主席，而四平却竞选上了学生会主席。

我清楚地记得，那天夜里，在学校边上的上饶菜馆，四平醉眼蒙眬时，说了一句让我这辈子都不会忘记的话。

四平说，这辈子，只能我管你，你不可能管我。

虽是醉话，我却不能忘怀。

历史，总是惊人的相似。

大学毕业那年，我参加了公务员考试，而四平则去考了村官。以我们俩的修为，双双入围一点也算不上是新闻。巧的是，我和四平又是在同一个乡，不同的是，我在乡里当文书，而四平则是在下面一个村里当支部副书记。

说实话，那些日子我的心情还是十分愉快的。尽管当时我不能说是四平的上级，但毕竟我在乡里四平在村里，起点自然是我更高，努力三两年，当上个副乡长应该不难,到时便可算是四平的领导了。

于是,在以后的工作中,我勤勉刻苦、任劳任怨,三年后换届,我如愿当选为副乡长。但让我始料不及的是,四平也进了班子,而且是党委委员。虽然都是副科,四平显然列我之前。

高兴之余,我有些失落。

这以后,四平依旧处处压我一头。我当常务副乡长,四平则是党委副书记。等我当上了乡长,四平则提拔到另外一个乡当书记。当乡长不到两年,我也成了书记,可以说与四平平起平坐。然而不久,县里换届,四平又成了县委常委。

其实要说起来,我的仕途也算得上是一帆风顺的。在四平当县委常委不久,届中调整,我也补选为副县长。如果没有四平,我的心态会十分平衡,如此,也就不会有以后发生的事情。

那些年,当我无时无刻不在寻找超越四平的机会时,机会便不期而至。

这年,县长因受贿被纪委"双规"了,当时四平是县委副书记,而我则是常务副县长,自然都是新县长的有力竞争者。但我心里清楚,如果正常出牌,四平胜出的概率肯定要大一些。要胜四平,便要出奇招。我从政快二十年了,说实话,虽不能说是廉洁的楷模,却也是能守得住底线的。我踌躇好些日子,终于横下了心。

我没有钱,但我有权。我给一个在县里做项目的老板"发轮子",这老板便给我送来一笔钱,然后我就挖空心思想方设法找一个敢收我这笔钱的人。

都说人倒霉喝凉水都塞牙,我就是这样倒霉的人。钱还没有送出去,给我送钱的老板因为其他事被纪委请了去。这家伙也真不是个东西,竟然将我给出卖了。

往后的事大家都能想到,我不仅没当成县长,而且连饭碗都丢了,还被判了刑,坐了牢。

"既生瑜,何生亮。"我仰天长叹。

服刑的日子里我很安心,既然安心,表现自然也不会差,所以我不久便成了监狱里一个生产队的小队长,而且一当就是好几年。这期间四平曾到监狱探望过我,聊起我之所以走到今天这一步的原因时,四平摇摇头,意味深长地说,也许,这就是命。

我无奈地说,我死心了,这辈子,命中注定,你就是我的克星。

然而,命这东西,就是喜欢捉弄人。在我坐牢的第五年,管教带来一个新服刑的犯人。新来的犯人站在我面前,有些胆怯,有些尴尬。

而我,在片刻惊诧之后,猛地冲上去握住新犯人的手,欢欣鼓舞地大叫,哈哈,终于能管你一回了!